潇湘诗语

李菁 著

诗词红楼第一部

山东画报出版社

图书在版编目（CIP）数据

潇湘诗语：诗词红楼第一部／李菁著. --济南：山东
画报出版社，2022.3
ISBN 978-7-5474-3770-4

I.①潇… Ⅱ.①李… Ⅲ.①《红楼梦》—古典诗歌—诗
歌欣赏 Ⅳ.①I207.411

中国版本图书馆CIP数据核字（2021）第202841号

XIAOXIANG SHIYU SHICI HONGLOU DIYIBU

潇湘诗语：诗词红楼第一部

李菁 著

责任编辑 姜 辉
装帧设计 李晨溪

出 版 人 李文波
主管单位 山东出版传媒股份有限公司
出版发行 山东画报出版社
　　　　　　社　　　址　济南市市中区英雄山路189号B座　邮编 250002
　　　　　　电　　　话　总编室（0531）82098472
　　　　　　　　　　　　市场部（0531）82098479　82098476（传真）
　　　　　　网　　　址　http://www.hbcbs.com.cn
　　　　　　电子信箱　hbcb@sdpress.com.cn
印　　　刷 山东新华印务有限公司
规　　　格 148毫米×210毫米　1/32
　　　　　　6.75印张　8幅图　150千字
版　　　次 2022年3月第1版
印　　　次 2022年3月第1次印刷
书　　　号 ISBN 978-7-5474-3770-4
定　　　价 52.00元

如有印装质量问题，请与出版社总编室联系更换。

自序

朋友圈转来这样一个帖子：如果林黛玉填写高考志愿表，她会选择什么系？很多人不假思索地回复：中文。再问：如果考研呢，报哪个专业？回复：古代文学。

这说明人们普遍接受了黛玉的诗人身份。

其实，古代文学专业是黛玉最不可能选的。记得香菱跟她学诗那回，她怎么对香菱说的？她说："什么难事，也值得去学！……若意趣真了，连词句不用修饰，自是好的。"好诗不用学，想学也学不来，那是黛玉从心底流淌出来的真情真意。

换成宝玉、宝钗、湘云、探春，也一样，他们从来不"作"诗。他们的诗，一方面无一不是自然的真情流露且佳句频出；另一方面，都为塑造和完善他们各自的形象服务。诗如其人，这话放在《红楼梦》里，再合适不过。

所以，当《百家讲坛》总编导李锋老师建议我从诗词视角解读红楼人物、换个角度说红楼时，我欣然应允。《红楼梦》不好讲，可我不忍与好题目失之交臂，我想试试。

木心说："《红楼梦》中的诗，如水草。取出水，即不好。放在水中，好看。"这比方的是红楼诗词跟小说主题的关系，红楼诗词只能放在《红楼梦》中读，它们是曹雪芹塑造人物的手段之一。类似观点很多人说过，但木心的话传神而易懂，水草漂动在水中才好看，离开水就单薄无趣。试想《葬花吟》，拿掉它的语境，单从书里拎出来，其美感很可能大打折扣，若《葬花吟》不与黛玉同台，"质本洁来还洁去"将于何处着落？唯优美的词句与正确的语境兼有，红楼诗词的动人力量才得以产生。

《潇湘诗语》是"诗词红楼"系列节目的黛玉部分。黛玉是《红楼梦》里为诗而生的人物，她就是诗的化身，没有诗的黛玉跟没有爱情的黛玉一样，会停止思想，像灵魂被抽走了一般。她的思维方式不能用语言表达的，就用眼泪表达，眼泪表达还不够的，就以诗和泪一起抒发。她像编织一样，把自己的身世、情感、命运织进诗行间，和泪低吟，诗句紧随情感，从她笔下流淌出来。我们读黛玉的诗，就是在读她的心事、读她的人生。

时光流逝，红楼不朽，当我踏上"诗词红楼"之旅时，我发现黛玉的形象在我脑中更新，老友重逢，我看见了更多美。

目录

诗满红楼

诗词为径入红楼

　　《红楼梦》作为中国古典文学四大名著之一，近三百年来，一直备受世人的喜爱与推崇。《红楼梦》写尽了红楼儿女的百态人生，写尽了四大家族的富贵荣华，写尽了人情冷暖、世态炎凉。世人读红楼，各有各的读法，而诗词，则一直是《红楼梦》中光彩夺目的一大亮点。

　　一部《红楼梦》摆在面前，我们能从里面读到什么？一千个读者有一千个"哈姆雷特"。这部巨著包罗万象，十分精彩，鲁迅先生说："单是命意，就因读者的眼光而有种种：经学家看见《易》，道学家看见淫，才子看见缠绵，革命家看见排满，流言家看见宫闱秘事……"[1]这些还不是全部，《红楼梦》里还有园林、绘画、

---

　　[1]鲁迅：《鲁迅全集》第八卷《集外集拾遗补编·〈绛洞花主〉小引》，人民文学出版社1981年版，第145页。

戏曲、美食、服饰、医药等，不一而足。那么，我们将从《红楼梦》里看见什么？面对这样一部内容丰富到不可思议的旷世奇书，弱水三千，我们只取一瓢，《诗词红楼》系列将从《红楼梦》里看见诗、看见词、看见曲、看见文。

　　《红楼梦》是小说，小说最该关注的是人物和情节，我们为什么关注诗词曲文呢？这是不是舍本逐末？不是。有人说没有诗词就没有《红楼梦》，这是不是危言耸听呢？也不是。诗词在《红楼梦》里既不是与"本"相对的"末"，也不是可有可无的附庸和点缀，而是非常重要的组成部分。何以见得？我们从以下三方面看。

红楼有诗乃全

红楼有诗乃全，诗是构建红楼的砖瓦。从唐传奇开始，我国古代小说将史才、诗笔、议论三者熔于一炉，形成了文备众体的艺术特色，《红楼梦》在这方面堪称一流。它的主体是白话，但是诗、词、曲、赋、诔文、对联、灯谜、酒令等，不仅齐备，而且精彩，达到了惊人的程度。单就诗歌来说，绝句律诗歌行，咏人咏物即事，反复出现，佳作频仍，凡此种种，成就了红楼中诗歌的天地。红楼有诗乃全，诗和写诗是《红楼梦》的重要组成部分。小说第二十七回"埋香冢飞燕泣残红"讲述黛玉流着泪创作《葬花吟》，第三十四回"情中情因情感妹妹"，宝玉赠帕感动了黛玉，引出了她的题帕三绝句；第四十五回"风雨夕闷制风雨词"告诉我们黛玉写《秋窗风雨夕》的前情后事，而没有第七十回的《桃花行》，海棠诗社就不会更名为桃花社，可见《红楼梦》里诗和故事交织难分。从第三十七回探春提议结诗社开始，写诗成为书

诗满红楼

里的线索之一，姑娘们结了海棠社马上咏白海棠，咏完白海棠又赛菊花诗，连吃顿螃蟹都无诗不欢。香菱学诗，惊动了半个大观园；一场大雪，如果没有诗，怎么对得起那琉璃世界白雪红梅？有兴趣的读者，不妨重读一遍第五十回"芦雪庵争联即景诗"，在那一回里，曹雪芹写尽了诗和青春联袂的欢乐，海棠诗社的活动在那一天达到了高潮！

那天参与作诗的人数最多也最全。诗社咏白海棠、咏菊花、题柳絮词，参与者基本上是宝玉、黛玉、宝钗、探春和湘云，而芦雪庵联句除了他们几位，还增加了香菱、宝琴、岫烟、李纹、李绮，连不会作诗的王熙凤，那天也被激发出了诗兴。联句的头一句"一夜北风紧"，就是王熙凤的创作，这是她一生中唯一作过的诗。她自嘲这是句粗话，但是众人都为她点赞，说："这句虽粗，不见底下的，这正是会作诗的起法。不但好，而且留了多少地步与后人。"[1]有了好的开头后，这首以雪为主题的五言排律就在姐妹们争先恐后的热情中依次往下联。联句自带竞赛性质，它检验人的才思是否敏捷，出对是否得当，虽然是自由接力，但既要联得好，更要联得快，用湘云的话说，这"不是作诗，竟

---

〔1〕〔清〕曹雪芹著，〔清〕无名氏续，〔清〕程伟元、高鹗整理：《红楼梦》第五十回，人民文学出版社 2008 年 7 月第 3 版，第 582 页。如无特别说明，有关《红楼梦》的引文皆出自人民文学出版社 2008 年 7 月第 3 版，下文同版本的引文只写书名、页码。

是抢命呢"[1]。

刚开始，大家按照抓阄的顺序一个一个联，几句之后，场上便姿态各异：李纨自知才力不够，主动退出，去盯着丫头热酒了。湘云则诗兴大发，开始抢着联，把反应慢的人挤在一边，本来还规规矩矩坐着的，情绪一激动，竟然站了起来。宝琴见湘云站着联，也不再坐着；黛玉见宝玉只顾在一旁看，推他快说，宝玉应付了两句，湘云嫌他"挡道儿"，不客气地说："你快下去，你不中用，倒耽搁了我。"[2]就这么一句话的工夫，宝琴又占了先。湘云急忙用"盘蛇一径遥"联宝琴的"伏象千峰凸"，宝琴描写大雪中山峰的壮丽，她就注意到小路经雪后的幽美。见湘云抢得口渴捧杯喝茶，岫烟赶紧见缝插针说上两句，才说完，只见湘云已经丢下了茶杯，再次参战。这情形，怎一个热闹了得！

最后，其他人都退出了，就剩下湘云、黛玉和宝琴三人对抢，好句伴随着笑声，你追我赶，想收都收不住。这次联句，湘云充分显示了她的才华和豪情，黛玉也一反常态，笑得捂着胸口，连声音都抬高了，诗句不是从嘴里说出来，竟是往外嚷了。瞧她那样儿，你能想到这是无事闷坐、不愁眉便长叹、好端端就流泪的黛玉吗？实在不像，两个画面大相径庭！联完了雪天即景诗，大

诗满红楼

---

[1]《红楼梦》，第589页。
[2]《红楼梦》，第585页。

伙儿意犹未尽，李纨罚落第的宝玉去栊翠庵访妙玉，讨要她庵里盛开的红梅花，"红梅"跟着又变成了诗题。由宝玉、宝琴以及联句时没怎么抢到机会的岫烟和李纹四人分咏，作出了三首《咏红梅花》和一首《访妙玉乞红梅》，那天简直是大观园的诗歌节。这以后，还有宝琴新编怀古诗，黛玉悲题五美吟，湘云偶填柳絮词，贾政闲征姽婳词和宝玉撰写芙蓉诔等，小说前八十回，诗和作诗一幕接一幕，一场连一场，像一条彩线，串起精彩的故事，活现出红楼人物多姿的风采。

《红楼梦》里，众人作诗、联诗、吟诗，既生动活泼，又风雅有趣，恍若画中之景，唯美动人。吟咏之间，红楼儿女们不同的性格特点，也跃然于诗词之中。那么这些红楼诗词，是否都出自曹雪芹的原创？诗词除了刻画人物个性之外，还有哪些深层次用意呢？

红楼诗词都是曹雪芹替他笔下的人物代拟的，这些诗词不完全是他的独创，其中有些参考了前人的作品，《葬花吟》就是个例子。还有，宝钗和湘云想出了菊花诗分咏十二题的写法，说是前人没做过，不落俗套，其实曹雪芹同时代就有人写过这种形式的咏菊诗，《访菊》《对菊》《问菊》等题目跟《红楼梦》里写到的一模一样，只是不好断定到底谁影响了谁。红楼诗词有所借鉴，但这不影响它的艺术魅力，它最成功的地方是曹雪芹按头制帽、量体裁衣，做到了诗词的个性化，他笔下一个人有一个人的声调口气。

《桃花行》是哀音，一定出自"曾经离丧"的黛玉之手，宝琴的才气够，但她不写这种风格的诗。宝玉过生日，席上行酒令，酒面要一句古文、一句旧诗、一句骨牌名、一句曲牌名、一句历书上的话，加起来凑成一句。书中两个例子："落霞与孤鹜齐飞，风急江天过雁哀，却是一只折足雁，叫的人九回肠，这是鸿雁来宾"[1]和"奔腾而砰湃，江间波浪兼天涌，须要铁锁缆孤舟，既遇着一江风，不宜出行。"[2]两句都是喝酒助兴的话，风格却不一样。前一句有孤鹜、雁哀、折足雁、九回肠，这是黛玉的口气；后一句奔腾澎湃、波浪连天、风打铁锁，可见湘云的气势。红楼诗词展现红楼人物不同的个性和异样的风采，黛玉的诗文采风流感伤缠绵，宝钗的诗含蓄浑厚沉着稳当，湘云的诗洒脱，宝琴的诗清丽，每个人的学识、气质、性情、修养都在诗词里。红楼有诗乃全，诗是构建红楼必不可少的砖瓦，如果我们将诗词曲文和描写诗词曲文的情节抽去，红楼将减少一层、残缺一角，而且是无法复制的一层、不可替代的一角！

诗满红楼

---

〔1〕《红楼梦》，第743页。

〔2〕《红楼梦》，第743—744页。

红楼以诗为谶

红楼以诗为谶，诗是导航红楼的路标。《红楼梦》在写作上有个特点，曹雪芹大量使用多种类型的谶语来推动故事发展，谶语就是预言。比如，我们读到小说第五回，会发现全书序幕刚刚拉开时，作者就通过图谶，也就是金陵十二钗图册判词的方式，预言或者暗示了书中主要女性命运的走向。之后，随着小说的展开，星罗棋布的诗谶、谜谶、戏谶、物谶等，陆续地出现在我们阅读的过程中，读者只要拥有一双慧眼，就能通过它们判断出小说主要人物的未来将往何处去。在这些谶语中，诗谶是最常见的。

什么是诗谶？举个比《红楼梦》更早的例子。西晋有个叫石崇的人，非常富有，他的金谷园扬名史册。金谷园里常常高朋满座，一群人聚在一起喝酒作诗，其中就有著名的美男子潘岳。潘岳写过这么两句诗："投分寄石友，白首同所归。"[1] 意思是我们志趣相投，意气相合，友谊坚如金石，直到白头。没过多久，赵王司马伦掌权，石崇和潘岳因为得罪了司马伦的亲信孙秀，被先后押赴刑场。石崇先到，潘岳后到，石崇看见潘岳，很惊讶，说："安仁，你怎么也来了？"安仁是潘岳的字。潘岳惨然一笑，回答道："这就是所谓白首同所归了。""白首同所归"这句诗可以指直到白头、到老不变，也可以指同时死亡。所以，当时知道潘岳这句诗的人都说它适成其谶，不幸而言中，是不祥的预言；"白首同所归"这句诗就是诗谶。

这样的诗谶在《红楼梦》里几乎随处可见，时刻提醒我们宝玉、黛玉、宝钗、湘云等人未来将遭遇什么。比如《葬花吟》以花喻人，人与花共命，很多学者认为它就是黛玉自作的诗谶，或者至少带有诗谶的性质，诗里暗藏着黛玉的死亡：

> 明媚鲜妍能几时，一朝飘泊难寻觅。
>
> ……
>
> 侬今葬花人笑痴，他年葬侬知是谁。[2]

这很可能预示着黛玉最后跟晴雯一样，在寂寞和凄凉中死去。《桃

---

[1]《金谷集作诗》，〔晋〕潘岳著、董志广校注：《潘岳集校注》(修订版)，天津古籍出版社 2005 年版，第 241 页。

[2]《红楼梦》，第 322—323 页。

诗满红楼

花行》也是如此：

> 泪眼观花泪易干，泪干春尽花憔悴。
>
> 憔悴花遮憔悴人，花飞人倦易黄昏。
>
> 一声杜宇春归尽，寂寞帘枕空月痕。[1]

如果从黛玉的命运角度去理解，这绝不是好兆头。书里说宝玉拿到这首诗后，"看了并不称赞，却滚下泪来。便知出自黛玉，因此落下泪来，又怕众人看见，又忙自己擦了"[2]。瞬间发生这么多的心理反应，说明宝玉被诗中某些句子触动了，他有很不好的预感，不愿意往下多想、深想。《红楼梦》的批书人评《桃花行》，说：

> 一片精神传好句，题成谶语任吁嗟。[3]

这句批语也点出这首诗就是谶语。

小说第六十三回宝玉过生日，大家玩占花名的游戏，黛玉抽到的花签是芙蓉，对应的签诗是"莫怨东风当自嗟"，这是宋代欧阳修《再和明妃曲》中的句子。欧诗说：

> 绝色天下无，一失难再得。
>
> 虽能杀画工，于事竟何益？

---

〔1〕《红楼梦》，第844—845页。

〔2〕《红楼梦》，第845页。

〔3〕〔清〕曹雪芹：《戚蓼生序本石头记》（南图本第五册），人民文学出版社2011年版，第2787页。

......

明妃去时泪，洒向枝上花。

狂风日暮起，飘泊落谁家？

红颜胜人多薄命，莫怨春风当自嗟。[1]

明妃就是王昭君，花签诗"莫怨东风当自嗟"与欧阳修原诗"莫怨春风当自嗟"一字之差，影响不大。单从这一句诗，看不出来它跟黛玉有多大关系，但结合欧诗中的其它句子一起看，黛玉的才貌、飘零孤独的身世以及红颜薄命的悲剧形象就非常清晰，所以花签诗也是诗谶。

黛玉有一组吟咏历代美女的绝句，题为《五美吟》，其中第三首咏的就是明妃：

绝艳惊人出汉宫，红颜命薄古今同。

君王纵使轻颜色，予夺权何畀画工？[2]

这首诗的意思跟欧诗很相近，说明黛玉借王昭君的命运自嗟自叹。还是宝玉生日这一天，探春跟宝钗行射覆的酒令，探春覆了"人""窗"二字，宝钗知道她用的是"鸡人"和"鸡窗"的典故，于是射了一个"埘"字。这个字出自《诗经·王风·君子于役》，诗曰：

诗满红楼

---

〔1〕《再和明妃曲》，〔宋〕欧阳修著、洪本健校笺：《居士集》卷八，《欧阳修诗文集校笺》（上），上海古籍出版社 2009 年版，第 234 页。

〔2〕《红楼梦》，第 778 页。

鸡栖于埘，日之夕矣，羊牛下来。君子于役，如之何勿思？[1]

这首诗写的是妻子思念久久不归的丈夫，所以，"鸡栖于埘"可能就是隐隐透露出宝钗结局的诗谶。它暗示读者，《红楼梦》接近尾声时，宝玉可能离家而去，留下宝钗一人孤苦度日。

再比如小说第七十六回，黛玉和湘云中秋夜联句，湘云说："寒塘渡鹤影。"黛玉联道："冷月葬诗魂。"湘云立刻表示她的担忧，说："诗固新奇，只是太颓丧了些。你现病着，不该作此过于清奇诡谲之语。"连在山石后听她俩联句的妙玉都忍不住现身出来打断，说："好诗，好诗，果然太悲凉了。"又说，"方才我听见这一首中，有几句虽好，只是过于颓败凄楚。此亦关人之气数而有，所以我出来止住。"这是书里很有代表性的直接说到诗谶的情节，这几句话相当于提醒我们，红楼诗词不可等闲视之，它们大部分关乎作诗人的气运，具有"谶"的意义。[2]

曹雪芹对全书结构成竹在胸，写人写事都做了通盘考虑。他提前安排好人物的命运，然后以诗为谶，点点滴滴向读者进行预告。诗词曲文闪烁其词、欲言又止地泄露天机，不时地刺激着读者往

[1]《王风·君子于役》，〔清〕阮元校刻：《毛诗正义》卷四，《十三经注疏》（清嘉庆刊本）（一），中华书局 2009 年版，第 699 页。

[2]《红楼梦》，第 935—936 页。

下读的欲望，它们就像导航红楼的路标一样，被曹雪芹设置在我们阅读的道路上。所以，没有诗词就没有《红楼梦》，这话虽然有些夸大，但并非全无道理。

红楼诗词不仅刻画人物性格，更暗含着人物未来命运的发展走向。早在第五回宝玉神游太虚幻境时，曹雪芹便将各人的道路悉数铺好，藏入"金陵十二钗"的判词中。有了诗词的伏笔，再往下读《红楼梦》，不觉让人有了某种宿命般的感慨。这场辉煌盛大的筵席背后，上演的竟是一出"悲金悼玉的红楼梦"！

值得注意的是，作为《红楼梦》里最常见的谶语，诗词曲文虽然具有"谶"的功能，发挥着"谶"的作用，但它们首先是诗词曲文，其次才是谶语，通过诗谶去追寻小说人物的命运走向不是我们阅读的唯一重点。《红楼梦》中的诗词曲文具有较强的文学性，不读可惜，读而不品遗憾。有人说：红楼诗词虽然好懂，但要句句理解到位多少有点困难，也颇费事儿，影响阅读的节奏，我只挑故事情节看，遇到诗词直接跳行，也能读懂《红楼梦》。的确，《红楼梦》精读和泛读两可，完整读和部分读都行，但是，如果跳过诗词，很多阅读的乐趣也会随之减少。这部巨著充满了诗意美，黛玉葬花有诗意，宝黛爱情有诗意，连贾府的日常生活都有诗意，而最直接体现诗意的，还得是这些诗词曲文。所以，《诗词红楼》系列要立足小说文本，细读诗词曲文，通过它们走近红楼人物，进入红楼诗意的天地。以诗为谶，诗是导航红楼的路标，这是诗词之于《红楼梦》重要性的第二点。

红楼因诗而雅

　　红楼因诗而雅，诗是提升红楼意境的阶梯。黛玉是《红楼梦》里头一个为诗而生的人物，她就是诗的化身，没有诗的黛玉跟没有爱的黛玉一样，会停止思想，像灵魂被抽走一样。黛玉很美，但她更突出的特点是有才，"可叹停机德，堪怜咏絮才"[1]，宝钗有德，黛玉有才，小说一开始就将黛玉比作东晋著名的才女谢道韫，进入正文后，黛玉的才华更是时时显露，其中诗才无人不服。宝钗曾对黛玉说："就连作诗写字等事，这不是你我分内之事……你我只该做些针黹纺织的事才是。"[2]一席话说得黛玉低头喝茶，心下暗伏。她自己也说："谁不是顽？难道我们是认真作诗呢！若说我们认真成了诗，出了这园子，把人的牙还笑

诗满红楼

---

〔1〕《红楼梦》，第 65 页。
〔2〕《红楼梦》，第 493 页。

倒了呢。"[1]可听归听，说归说，事实上，诗对黛玉来说，不为展露才华博得名声，也不为写着好玩打发时间，而是诗与身心一体、诗和生命同在。黛玉的思维方式是：不能用语言表达的，就用眼泪表达，眼泪表达还不够的，就以诗和泪一起抒发。《葬花吟》《秋窗风雨夕》和《桃花行》这三首黛玉的代表作，都是这种情形下的产物，黛玉把自己寄人篱下的身世、无法言说的爱情、对青春的珍爱以及生命不久长的忧虑化作强烈的悲戚之感，写进诗里。诗是发自心灵的歌唱和哭泣，能写诗并且致力于诗，使得黛玉成为大观园里真正的诗人，同时也是最出色的诗人。

再举个例子。小说第四十八回"慕雅女雅集苦吟诗"写香菱学作诗，她茶饭无心，坐卧不宁，着魔一般地苦学苦吟。宝玉说："这正是'地灵人杰'，老天生人再不虚赋情性的。我们成日叹说可惜他这么个人竟俗了，谁知到底有今日。可见天地至公。"[2]这话什么意思？学诗以前的香菱，跟大观园的姐妹一样青春妙龄，但命途却坎坷得多。本来出身诗书门第，命运偏偏安排她做了薛蟠的小妾。尽管她在这样的挫折中难得地葆有天真和慧心，她的日常生活却与诗毫无关联，用今天流行的话来说，香菱在薛家只有眼前的苟且，没有诗和远方，所以宝玉深为她惋惜。所幸香菱

---

[1]《红楼梦》，第564页。
[2]《红楼梦》，第566页。

不甘现状，一有机会住进大观园，就迫不及待地拜黛玉为师，学作诗。命运无法改变，小妾依然是小妾，但诗让精神升华；学诗和作诗是香菱能够想到的实现自我、完成自我的唯一途径。宝玉说"老天生人再不虚赋情性"，意思就是香菱本来就该与诗美同在，可惜一时蒙尘，今天终于看见她用诗自救，脱尘出俗，老天不会生出个一等人才，再眼睁睁看着她被埋没的，"可见天地至公！"贾府年轻貌美的侍妾不少，佩凤、偕鸳、秋桐都是，然而只有学诗的香菱心向高雅、脱颖而出。对诗的崇敬和向往，使香菱真正成为大观园女儿国的一分子。

香菱原也是大户人家的小姐，后被卖到薛家为妾，她今生是无法再和家人团圆了，但是她在诗词的世界里，重新寻觅到了精神的故土。宝玉作为《红楼梦》中的主人公，曹雪芹又是如何用诗词曲赋，来塑造这个"多情公子"的形象的呢？

这就是诗的力量，红楼因诗而雅、因诗而纯净。宝玉为香菱的加入而欣慰，他自己何尝不是个典型例子？小说第八回写到枫露茶事件，因为奶妈李嬷嬷在梨香院一再拦阻宝玉喝酒，又把宝玉专门为晴雯从宁国府要来的豆腐皮包子拿回家去给孙子享用，

诗满红楼

早起沏好的枫露茶也被李嬷嬷喝了，宝玉借酒醉发怒，把手里的茶杯往地下一摔，打了个粉碎，泼了倒茶来的丫头茜雪一裙子茶，又跳起来骂茜雪："他是你那一门子的奶奶，你们这么孝敬他？不过是仗着我小时候吃过他几日奶罢了。如今逞的他比祖宗还大了……白白的养着祖宗作什么！撵了出去，大家干净！"[1]宝玉这次发飙的结果是李嬷嬷安然无事，无辜的茜雪却被撵出去，当了替罪羊。还有一次，小说第三十回，宝玉回他的怡红院，淋着雨叫门，半天叫不开，一肚子没好气，等袭人终于把门打开，他不看是谁，抬腿便踢了过去，一边骂道："下流东西们！我素日担待你们得了意，一点儿也不怕，越发拿我取笑儿了。"[2]袭人被踢得肋下青了碗大一块，夜间还咳出鲜血来。贾府向来宽柔待下，宝玉这些言行，恐怕不比贾琏、贾蓉等人好到哪里去，如果小说继续朝这个方向写宝玉，他就当不起"绛洞花主"这个名儿了。

好在曹雪芹用了更多笔墨，深入宝玉丰富的内心世界，慢慢地将他跟贾府那些一味施威的骄横少爷分了开来。宝玉跟黛玉一样，保持并坚守着自然天性，他生活里最重要的事有两件：爱和作诗，这两件事都发自他的内心，没有目的也没有功利。他不仅

---

[1]《红楼梦》，第 110 页。
[2]《红楼梦》，第 360 页。

爱眼前所有可爱的人，还将这种爱延伸到花、鸟、鱼、星星、月亮等一切不情、无情之物，包括诗。在大观园的诗社活动中，宝玉的作品屡屡压尾，无论咏白海棠还是咏菊花，最后一名都是他，填柳絮词甚至交了白卷，可他不以为意，衷心地称赏姐妹们的好诗，为黛玉夺魁鼓掌。芦雪庵联句落第，被罚去栊翠庵讨红梅，宝玉巴不得呢，罚不罚的，他根本没放在心上。诗才不如姐妹们，这丝毫不影响宝玉快乐地写诗、热烈地爱诗。诗是才能，更是美和境界，没有诗，我们要将宝玉这位养尊处优的贵族少爷跟贾珍、贾琏、贾蓉之流区别开来，恐怕有点难度。

小说第二十八回，宝玉参加了一个由贵族公子冯紫英组织的小型酒宴，宴中还有宝钗的哥哥薛蟠、唱小旦的蒋玉菡和妓女云儿。酒宴一开始，薛蟠就要云儿唱打情骂俏的私房小曲儿，说唱得好我喝一坛子酒，可宝玉觉得，如此滥饮易醉而无味，他建议行个新酒令，每人说出女孩的悲、愁、喜、乐，说完再唱一个同样主题的曲子。他那首哀婉缠绵、后来在 87 版电视剧《红楼梦》插曲中被命名为《红豆曲》的作品就是这样产生的。这一天的宝玉，刚刚从黛玉的《葬花吟》中获得感悟，知道有花开就有花落，有生就有死，没有什么能长久永存，然而，他依然想尽一己之力紧紧握住眼前的美好，哪怕只是一时半刻。"滴不尽相思血泪抛红豆，开不完春柳春花满画楼，睡不稳纱窗风雨黄昏后，忘不了新愁与旧愁……"[1]这首以十个"不"字为抒情线索展开女儿悲愁的《红豆曲》，正是对第二十七回黛玉《葬花吟》的回应，一个自怜自伤，一个深情体贴。不细读原文，我们很容易忘记《红豆曲》是产生在富家公子们取乐的酒宴上的。是黛玉泣血带泪的《葬花吟》净化了宝玉的心灵，这块通灵宝玉，在黛玉含着眼泪的爱和美好的诗歌里一步一步变得清朗通透，一步一步远离贾府那些真正的须眉浊物。

　　如果空有一副好皮囊的秦钟的生命里也有诗，我们一定能够通过诗句看到他内心更细微的地方，那么，也许他那些不怎么样的行为，读者多少可以谅解一点。李纨年轻守寡，事不关己高高挂起，但是探春一说结诗社，她就立即响应，说："雅的紧！要起诗社，我自荐我掌坛。前儿春天我原有这个意思的。"又说，"我那里地方大，竟在我那里作社。我虽不能作诗，这些诗人竟不厌俗客，我作个东道主人，我自然也清雅起来了。"[2]看她那毛遂自荐当社长的积极劲儿，就像换了个人似的，诗给李纨单调冷清的守寡生活送来了温暖的色彩。王熙凤识字很少，可随口一句"一夜北风紧"，顿时让人看到她脚蹬着门槛、拿耳挖子剔牙和挽几挽袖子、脚跐着门槛骂赵姨娘的粗俗泼辣背后，原来也有和姐

---

〔1〕《红楼梦》，第332页。
〔2〕《红楼梦》，第424—426页。

妹们一样的文雅与可爱。一句话，诗是红楼意境提升的阶梯，是红楼的品位和精神，没有诗，红楼世界将华彩减半。

所以，《诗词红楼》系列将读《红楼梦》中诗，听《红楼梦》中曲，感受《红楼梦》中情；用诗词剖析红楼人物，借人物了解这部小说；打开诗词曲文这扇窗，我们将看到不一样的《红楼梦》。投入我们的情感，跟《红楼梦》中人对话；以心发现心，用我们的心灵感悟他们的心灵。从哪儿开始呢？黛玉是红楼诗国最优秀的诗人，黛玉葬花是《红楼梦》最富有诗意的情节，那么，就从黛玉的"潇湘诗语"开始吧。

诗满红楼

葬
花
之
吟

一曲葬花绝唱

《葬花吟》究竟美在哪里？通过对这首诗的解读，我们将体会到林黛玉怎样非凡的内心世界呢？"一朝春尽红颜老，花落人亡两不知！"作为一位名门闺秀、世家小姐，在作者曹雪芹的笔下，林黛玉为什么会发出如此震撼人心的凄美之音？

读诗之前，先讨论个小问题：如果给林黛玉画一幅肖像，画她的什么样子最合适？

黛玉爱哭，她的前身是西方灵河岸上三生石畔的一株绛珠草，因得贾宝玉的前身——赤瑕宫的神瑛侍者每日用甘露灌溉，遂久延岁月活下来，并且修成了女体。神瑛侍者动了凡心要下凡，绛珠仙子想我没有甘露回报他的灌溉之情，不如跟着下凡去，将

葬
花
之
吟

一生的眼泪还给他。所以，人间的黛玉是一定要哭的，哭是她的生活常态。

黛玉还爱写诗，她的诗既多且好，如果建一座诗词红楼，贡献最大的非她莫属。黛玉笔下的诗句就跟她住的潇湘馆里那翠绿的竹子一样，代表着她的精神世界，诗与黛玉的生命同在。黛玉不写诗，就不会有后来的焚稿断痴情。

那好，我们就画黛玉流泪或者作诗时的样子吧，可这画出来的一定是她吗？换句话说，哭或者写诗是黛玉身上最具有标志性的符号吗？不一定。爱哭和写诗都是黛玉的特点，但是，她身上最鲜明的符号应该是葬花。肩上担着花锄，锄上挂着花囊，手里拿着花帚，出现在落红成阵的暮春时节，将一地的落花扫入花囊，埋进亲手挖好的花冢里，这才是最能将黛玉从金陵十二钗中识别出来的一幕。葬花是曹雪芹为林黛玉精心设计的一个至情又经典的情节，这个情节中黛玉一边葬花一边无限伤感哭诵的《葬花吟》，则是经典之音、至情之声！

葬花并非曹雪芹的发明，黛玉也不是有史以来头一个葬花的人，著名的明代才子唐伯虎就葬过花。古人哭落花、写葬花的诗词也很多，《葬花吟》不是开山之作，也不是最后一首，在它之前，从它以后，都能找出不少同题材的作品来。古人借落花表达伤春惜花的情绪，抒发岁月匆匆、年华易老的无奈，比如唐朝诗人刘希夷说：

> 今年花落颜色改，明年花开复谁在？

> ……

> 年年岁岁花相似，岁岁年年人不同。[1]

后面这两句还是唐诗中的名句。葬过花的唐伯虎也写了不少落花诗，比如：

> 枝上花开能几日？世上人生能几何。[2]

又比如：

> 双脸胭脂开北地，五更风雨葬西施。[3]

所谓"葬西施"，指的就是美丽的花朵被埋葬在风雨中。清人纳兰性德有一首写在他已故的妻子忌日的词，说：

> 此恨何时已。滴空阶、寒更雨歇，葬花天气。[4]

这里的"葬花"内涵略有不同，纳兰性德将妻子的亡故含蓄地等同于葬花，使得"葬花"这个意象一语双关。可见，曹雪芹笔下的《葬花吟》是有前人的创作经验可循的，将它的内容跟以前的

〔1〕〔唐〕刘希夷《代悲白头翁》，〔清〕彭定求等编：《全唐诗》卷八十二，中华书局 1960 年版，第 885—886 页。

〔2〕《花下酌酒歌》，〔明〕唐寅著，周道振、张月尊辑校：《唐寅集》卷一，上海古籍出版社 2013 年版，第 22 页。

〔3〕《和沈石田落花诗三十首》之八，〔明〕唐寅著，周道振、张月尊辑校：《唐寅集》卷二，上海古籍出版社 2013 年版，第 67 页。

〔4〕《金缕曲·亡妇忌日有感》，〔清〕纳兰性德撰，赵秀亭、冯统一校笺：《饮水词校笺》卷二，中华书局 2015 年版，第 153 页。

葬花之吟

同题材作品进行比较就能发现，其中的传承关系非常明显，那么，为什么《葬花吟》能与众不同，甚至可以说实力碾压众多同类呢？

因为《葬花吟》出于传统又超越传统，它也抒发伤春惜花之情，也寄托人生的感慨，但是它不局限于写落花和葬花。黛玉葬花，她自己就是花，《葬花吟》实际上是一篇黛玉哀悼青春生命的自挽歌、自祭文。

何以见得？诗歌本身是最好的解释。《葬花吟》出现在小说的第二十七回，这一回的回目是"滴翠亭杨妃戏彩蝶　埋香冢飞燕泣残红"。故事内容很丰富，包括大观园的姐妹们过芒种节；宝钗扑蝶；宝钗在滴翠亭外无意中听到丫头的秘密后"嫁祸"给黛玉；怡红院的丫头小红受到王熙凤赏识以及黛玉葬花等。回目中的"埋香冢飞燕泣残红"指的就是黛玉葬花并且流泪诵诗。这首哀伤凄美的《葬花吟》压轴一样地姗姗来迟，出现在第二十七回的结尾处。

不愧是红楼诗词中一流的作品啊，《葬花吟》光是出场就不同凡响。这首诗的创作，跟黛玉在大观园诗社里和姐妹们一起作诗不一样，跟她一个人在潇湘馆的孤灯下作诗也不一样，《葬花吟》不是提笔蘸墨写在纸上的，曹雪芹专门为它设计了一个特别的出场。他让黛玉一边葬花一边哭，同时"一行数落着"，这是书里的原话，"数落"就是不停地述说。黛玉一行数落了些什么，书里没明讲，而是用了个侧面写法，她数落的每一句每一字都被山坡那边也要过来葬花的宝玉听进了耳中，所以，《葬花吟》全诗是伴随着宝玉听的过程一句一句出现在书里的。曹雪芹这样处理这个情节，自然别有用意，整个大观园里，只有宝玉能听懂黛玉的《葬花吟》，《葬花吟》的完整呈现必须是黛玉一边吟、宝玉一边听，通过这一吟一听的完美合作，这首诗的深刻内涵才能充分地展现出来！

黛玉一边葬花，一边"数落"出的《葬花吟》是这样的：

花谢花飞花满天，红消香断有谁怜？

游丝软系飘春榭，落絮轻沾扑绣帘。

闺中女儿惜春暮，愁绪满怀无释处，

手把花锄出绣闺，忍踏落花来复去。

柳丝榆荚自芳菲，不管桃飘与李飞。

桃李明年能再发，明年闺中知有谁？

三月香巢已垒成，梁间燕子太无情！

明年花发虽可啄，却不道人去梁空巢也倾。

一年三百六十日，风刀霜剑严相逼，

明媚鲜妍能几时，一朝飘泊难寻觅。

花开易见落难寻，阶前闷杀葬花人，

独倚花锄泪暗洒，洒上空枝见血痕。

杜鹃无语正黄昏，荷锄归去掩重门。

青灯照壁人初睡，冷雨敲窗被未温。

怪奴底事倍伤神，半为怜春半恼春：

怜春忽至恼忽去，至又无言去不闻。

昨宵庭外悲歌发，知是花魂与鸟魂？

花魂鸟魂总难留，鸟自无言花自羞。

愿奴胁下生双翼，随花飞到天尽头。

天尽头，何处有香丘？

未若锦囊收艳骨，一抔净土掩风流。

质本洁来还洁去，强于污淖陷渠沟。

尔今死去侬收葬，未卜侬身何日丧？

侬今葬花人笑痴，他年葬侬知是谁？

试看春残花渐落，便是红颜老死时。

一朝春尽红颜老，花落人亡两不知！〔1〕

　　这首诗一共有五十二句，内容大致可以分成三个部分，黛玉的情绪通过这三个部分一层一层地发展、推进，最后掀起了冲天大潮。

---

〔1〕《红楼梦》，第322—323页。

因落花而葬花

全诗第一部分：黛玉因落花而葬花，这包括开头的八个句子：

> 花谢花飞花满天，红消香断有谁怜？
>
> 游丝软系飘春榭，落絮轻沾扑绣帘。
>
> 闺中女儿惜春暮，愁绪满怀无释处，
>
> 手把花锄出绣闺，忍踏落花来复去。

《葬花吟》是一首七言律诗歌行，有感情地、声调高低抑扬地念叫作"吟"，跟"唱"比较接近。歌行体是我国古体诗中的特殊类型，篇幅可长可短，句子长短有间，不像格律诗那样要求每句的字数绝对一样。《葬花吟》以七言律诗为主，里面穿插了三字句、五字句，甚至还有一个十字长句。在各类诗歌体裁中，七言律诗歌行的抒情性最强，它特别适合诗人放情长言、酣畅淋漓地表达感情，读起来则天然地带有一种行云流水之美。

葬花之吟

第一句"花谢花飞花满天"是《葬花吟》的大背景，点出时序，又到了东风无力百花残的暮春时节了。"游丝软系飘春榭，落絮轻沾扑绣帘"是说昆虫吐出来并飘在空中的细丝缠住从树上飞落下来的花瓣，一起在亭台上荡荡悠悠；又有一些柳絮，轻轻地沾在飞花上，风一吹过来，它们就朝闺房的窗帘、门帘扑去。这些花绽放枝头的时候，红的红，艳的艳，迎风招展，芳香四溢，如今离开了花树，失去了神采，只能随风翻飞，漫天打转，没个妥当的去处。"红消香断有谁怜？"从前赏花的人哪儿去了？谁来可怜这些残红？诗歌刚开头，一个问句出来，说明黛玉悲伤的情绪已经失控了，连铺垫都不用。"红消香断有谁怜？"除了我，还能有谁？黛玉说我正愁绪满怀，又见这漫天的花谢花飞，我不忍心花瓣掉在地上被人往来踩踏，所以手把花锄走出闺房，我要将落花埋葬。"忍踏落花来复去"，这里的"忍"其实是不忍的意思，古代诗词里经常这样用。

黛玉为什么愁绪满怀呢？我们都知道她的性格特点，"无事闷坐，不是愁眉，便是长叹，且好端端的不知为了什么，常常的便自泪道不干的"[1]，可是这回，她满怀的愁绪并非没来由，这回真有事儿。葬花的头天晚上发生了一件事，小说第二十六回

---

〔1〕《红楼梦》，第314页。

有详细描写。什么事呢？黛玉在怡红院吃了闭门羹，很受打击。她想进怡红院见宝玉，但是宝玉的丫头晴雯没听出她的声音来，懒得开门，假传"圣旨"说，"凭你是谁，二爷吩咐的，一概不许放人进来"[1]，把黛玉挡在了门外，偏偏这时候，院里清楚地传来宝玉和宝钗的笑语声。这当然是个误会，丫头里面，除了紫鹃，跟黛玉关系最好的就是晴雯，她不给谁开门，也会给黛玉开；宝玉就更不用说了，他跟谁生分，那人都不可能是黛玉。可是，以黛玉孤傲的个性，她是情愿自己受伤，也绝不主动去查明事情真相的。心里有气，又不便发作，黛玉牢牢记住了自己不是贾府的正经主子，"虽说是舅母家如同自己家一样，到底是客边。如今父母双亡，无依无靠，现在他家依栖"[2]，这事儿要认真计较起来，不过是自讨没趣。所以，那个晚上，黛玉含泪失眠，天亮后，满腹心事没放下，一地的落花又勾起了她的伤春之情，可不就"愁绪满怀无释处"了吗？

这是《葬花吟》的第一部分，黛玉看见落花，不忍心它们被踩踏，于是带出了后面的葬花。我们往下读。

---

〔1〕《红楼梦》，第 312 页。
〔2〕《红楼梦》，第 312 页。

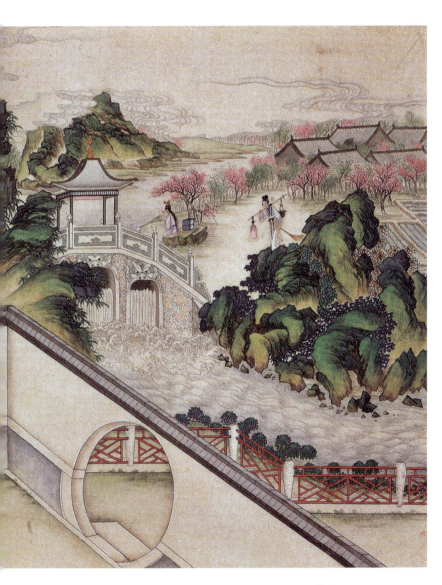

埋香冢飞燕泣残红，滴翠亭杨妃戏彩蝶。

37

由惜花而哭己

　　《葬花吟》作为《红楼梦》中最著名的诗词作品，究竟高明在哪里？接下来黛玉还会发出怎样的凄美之音呢？

　　《葬花吟》的第二部分一共二十四句，黛玉由惜花而哭己：

　　　　柳丝榆荚自芳菲，不管桃飘与李飞。

　　　　桃李明年能再发，明年闺中知有谁？

　　　　三月香巢已垒成，梁间燕子太无情！

　　　　明年花发虽可啄，却不道人去梁空巢也倾。

　　　　一年三百六十日，风刀霜剑严相逼，

　　　　明媚鲜妍能几时，一朝飘泊难寻觅。

　　　　花开易见落难寻，阶前闷杀葬花人，

独倚花锄泪暗洒，洒上空枝见血痕。

杜鹃无语正黄昏，荷锄归去掩重门。

青灯照壁人初睡，冷雨敲窗被未温。

怪奴底事倍伤神，半为怜春半恼春：

怜春忽至恼忽去，至又无言去不闻。

　　黛玉葬花，可是这二十四句里具体描写到她葬花了吗？没有。不写葬花，这首诗为什么叫作《葬花吟》呢？其实这里的"花"是人的比喻，花人合一，表面看写的是落花，实际上说的都是人，黛玉真正葬的不是大自然的花，她葬的是她自己。诗歌从第一部分到第二部分，人随花转，黛玉哀伤的对象移步换形地从落花变成了自己，她把一首落花诗吟成了预感自己的青春生命必将飘零的挽歌。

　　黛玉葬花的这天，是四月二十六日芒种节。书里介绍："凡交芒种节的这日，都要设摆各色礼物，祭饯花神，言芒种一过，便是夏日了，众花皆卸，花神退位，须要饯行。"[1]闺中姐妹很看重这个节日，那天一大早，大观园就热闹开了。黛玉喜散不喜聚，何况这是一个跟百花告别的日子，所以，芒种节的热闹跟她无关，她要来山坡上陪伴落花，送它们最后一程。可是，一看

---

〔1〕《红楼梦》，第314—315页。

见落花，她就不由得感花伤己，掉下泪来，口中吟道：

> 柳丝榆荚自芳菲，不管桃飘与李飞。
>
> 桃李明年能再发，明年闺中知有谁？

春末是柳条和榆钱的季节，它们自顾自地长势正盛，哪有工夫去搭理那些四下飘飞的桃花和李花呢？可是曾几何时，桃花和李花不也是那么的芳香盛美吗？注意这几句，诗意在这里已经开始悄悄地转了，显然，黛玉不光是为桃李鸣不平，她从桃李的昔盛今衰上预感到自己的青春生命单薄、脆弱、不长久，转眼间就荣去枯来，跟花儿没什么两样，甚至还不如花呢，所谓年年岁岁花相似，岁岁年年人不同啊！

梁上的燕子，用带着花瓣的泥土筑好了香巢，可是"明年花发虽可啄，却不道人去梁空巢也倾"，明年还会有鲜花绽放，而人若死去，梁便空寂，香巢还会在吗？一年三百六十日，风似刀，霜如剑，逼得百花早早凋零，昨天它们还明媚鲜妍，今日便都零落成泥，"一朝飘泊难寻觅"。它们的芳踪，叫我哪里找去？而我，不也时刻生活在风刀霜剑之中吗？我的生命也有凋零的那一天，而且恐怕，那一天也为时不远，很快就到眼前了！我把这些花儿掩埋好后，就要回去了，可那潇湘馆里，"青灯照壁人初睡，冷雨敲窗被未温"，我为什么终夜不能安睡呢？"半为怜春半恼春"。春天送来百花，可是春光不等人，那么点儿温暖和美丽还没受用够呢，花儿就谢了！这样的春，我是该爱你，还是该恨你？你悄悄地来，匆匆地走，叫我恨也不是，爱也不是，韶光正美，青春正好，奈何它们都留不住啊！

这里有个问题。虽然黛玉不姓贾，只是贾府的客人，可毕竟外祖母视她为掌上明珠，贾家姐妹有的，黛玉一样都不缺，有贾母的宠爱，她怎么可能生活在风刀霜剑中呢？熟悉小说的读者都知道这不是事实，既然不是事实，为什么黛玉这么认为呢？这不是无病呻吟吗？她为什么在妙龄之际预言自己生命短暂呢？这个问题可以从远因和近因两个方面来看。

从远因看，黛玉先天多愁、后天多病。她的前身在西方灵河岸上三生石畔修炼成绛珠仙子之后，终日游于离恨天外，饿了吃蜜青果，渴了喝愁海水，这就注定了她下凡为人之后，一辈子要跟深似大海的愁、恨相伴，如影随形，不离不弃。黛玉又后天多病，她从会饮食开始就吃药，多少名医修方配药都不能还她健康，春风秋雨，夏暑冬寒，对她来说都是煎熬。宝玉为死去的晴雯作吊祭的诔文，反复斟酌字句，念到"黄土垄中，卿何薄命"[1]时，黛玉脸色就一变，她听不得"薄命"两个字。黛玉是到人间还眼泪来的，眼泪流尽，她的生命也就走到了尽头。所以，多愁多病

_____

〔1〕《红楼梦》，第979页。

又终年流泪的黛玉，以妙龄年华而预测后事，把明媚的春吟成悲伤的秋，一点儿都不奇怪。

再从近因看，父母早亡，寄人篱下，这滋味搁谁身上都不好受，何况黛玉这样的敏感少女。按说仗着贾母的宠爱，黛玉在贾府应该住得舒心才对，可天下哪有百分之百的完美呢？跟她有关的声音并不总是和谐的。刚进贾府的时候，黛玉告诫自己要步步留心，时时在意，不轻易多说一句话多行一步路，但她没能坚持做到，她心高，气傲，又任性。贾母是她在贾府唯一的依靠，她有没有像宝钗那样时不时地哄哄老太太多讨些欢心呢？没有。是不懂人情世故吗？宝玉挨打那回，黛玉见李纨等人都来怡红院探望宝玉，王熙凤却没来，心里就盘算："如何他不来瞧宝玉？便是有事缠住了，他必定也是要来打个花胡哨，讨老太太和太太的好儿才是。"[1]所谓"打个花胡哨"，就是虚情假意地敷衍一下。能冷眼观察到王熙凤惯做表面文章，这说明黛玉懂世故，可懂归懂，她自己却不愿意世故，有那世故的工夫，她宁可去跟鹦鹉说话。

王夫人的陪房周瑞家的送宫花那回，宫花送到，黛玉使性子，接都不接，还一句"我就知道，别人不挑剩下的也不给我"[2]抢白过去，这不是得罪人吗？不是明摆着让自己在王夫人面前减

潇湘诗语

---

〔1〕《红楼梦》，第401页。
〔2〕《红楼梦》，第94页。

分吗？黛玉知道后果，但是她不在乎，何况并没说错，十二枝宫花，送到她那儿的时候的确是最后两枝。第七十四回抄检大观园时，王夫人说晴雯的眉眼有点像黛玉，骂晴雯："你天天作这轻狂样儿给谁看？你干的事，打量我不知道呢！我且放着你，自然明儿揭你的皮！"[1] 对，她骂的是晴雯，不是黛玉，但这话一旦传到黛玉耳中，里面指桑骂槐的意思，难道黛玉听不出来吗？她当然听得出来，在贾府这样一个像乌眼鸡似的恨不得你吃了我我吃了你的环境里，玻璃心的黛玉完全能感受到"风刀霜剑"向着自己步步紧逼过来。

不过，"风刀霜剑"这四个字，不宜太过坐实为黛玉在贾府中的处境写照，它不一定影射哪段具体情节，这里主要用的还是它的象征意义。黛玉深爱着娇艳的鲜花，更深爱像花儿一样美丽灿烂的青春生命。因为深爱，所以要呵护，因为深爱，所以怕失去，她要时刻警惕一切摧残百花、威胁青春生命的恶势力，也就是所谓的"风刀霜剑"。这是黛玉的生命哲学，她用诗的方式把它表现出来了。

葬花之吟

---

[1]《红楼梦》，第 899 页。

从葬花到问天

在《葬花吟》中，黛玉的情绪即将迎来一次彻底地爆发，生性多愁善感的黛玉在贾府谨言慎行、处处小心，这般苦涩谁又能懂？只好深深地咽在肚里、埋在心里。在黛玉眼里，这一切都太过残酷，而自己却无能无力，只能在无尽的愁绪中，自艾自怜，洒泪叹息。

接着读《葬花吟》的第三部分，最后二十句，这是全诗最精彩之处：

昨宵庭外悲歌发，知是花魂与鸟魂？

花魂鸟魂总难留，鸟自无言花自羞。

愿奴胁下生双翼，随花飞到天尽头。

天尽头，何处有香丘？

未若锦囊收艳骨，一抔净土掩风流。

质本洁来还洁去，强于污淖陷渠沟。

尔今死去侬收葬，未卜侬身何日丧？

侬今葬花人笑痴，他年葬侬知是谁？

试看春残花渐落，便是红颜老死时。

一朝春尽红颜老，花落人亡两不知！

这个部分的黛玉从葬花到问天，她不再低头葬花，而是昂首问天，发出了响彻云霄的呼喊。

"昨宵庭外悲歌发，知是花魂与鸟魂？"昨夜庭外哪来的悲歌？谁是花魂？《葬花吟》以花喻人，黛玉葬花，她自己就是花。那天晚上在怡红院被拒之门外，黛玉很伤心，"也不顾苍苔露冷，花径风寒，独立墙角边花阴之下，悲悲戚戚呜咽起来"[1]。她这一哭，树上的宿鸟栖鸦都被惊动了，纷纷飞起远避，不忍心听下去，花儿也扑簌簌地落了一地。书中写道："真是：花魂默默无情绪，鸟梦痴痴何处惊。"[2]所以，谁是花魂？黛玉！

曹雪芹是把黛玉当作花魂来塑造的，花魂的悲歌就是黛玉的悲歌，花儿谢了，花魂还能长留人间吗？既然不能长留，那么，"愿奴胁下生双翼，随花飞到天尽头"，我多想生出一双翅膀，随花

葬花之吟

〔1〕《红楼梦》，第313页。
〔2〕《红楼梦》，第313页。

而去，飞向那人迹罕至的天之尽头，去寻找属于我的香丘！"香丘"就是花冢，就是葬花的坟墓。可是，她立刻清醒过来："天尽头，何处有香丘？"读到这里，我们不妨联想 87 版电视剧《红楼梦》里的插曲《葬花吟》，王立平先生把"天尽头，何处有香丘"作为主题句，将这首葬花诗谱成了天问。这支插曲的前半部分用中低音，如泣如诉，随后音调逐渐升高，唱到"天尽头"这句时，强音高亢，直逼人心，伴随着"咚咚咚"的闷鼓声，华丽的高音穿云裂帛，绕梁不绝，极其精彩——那就是黛玉对悲剧命运发出的呐喊！

《葬花吟》是曹雪芹为林黛玉量身定制的经典之作，黛玉敏感多愁的性格生动地跃然纸上，流淌在那动人的字里行间，深深地感动着后世的一代代读者。那么接下来，《葬花吟》又将呈现怎样的感人词句？宝玉听到之后又会有怎样的反应呢？

黛玉是清醒的，她知道天尽头也没有香丘。那晚晴雯不开门，而宝钗分明就在怡红院里闲坐说笑，黛玉回到潇湘馆后，倚着床栏杆，抱膝含泪，木雕泥塑般一动不动，一直坐到二更多。不睡觉，想什么呢？以黛玉的性格，她一定会哀怜自己寄人篱下的身世，会再次审视自己的生存环境，会考虑我该怎么办。现在，《葬花吟》给出了答案：

> 未若锦囊收艳骨，一抔净土掩风流。
>
> 质本洁来还洁去，强于污淖陷渠沟。

人间不能安住，天尽头也没有香丘，那就离开吧，就像这些落花一样，用锦囊包裹着葬进泥土将来随土一起化了，这是最好的归宿。质本洁来还洁去，我干干净净地来，干干净净地走，值得坚守的，我坚守到底，违逆本性的，我宁为玉碎！

香丘在何处？哪里有净土？其实黛玉心里早有答案。在这次葬花之前，她和宝玉曾经一起葬过花，那一次两人讨论过怎么处理落花的问题。宝玉的做法是用衣服兜了，抖进池水里，让花瓣流出沁芳闸去，强过被人践踏。黛玉说这样不好，园子里的水是干净的，可是"只一流出去，有人家的地方脏的臭的混倒，仍旧把花遭塌了。那畸角上我有一个花冢，如今把他扫了，装在这绢袋里，拿土埋上，日久不过随土化了，岂不干净。[1]"这不就是"质本洁来还洁去，强于污淖陷渠沟"吗？黛玉心里的香丘，就是一抔净土，一个能使她远离伤害的花冢，她不对任何风刀霜剑屈服，你看黛玉比谁都柔弱，但她柔弱的外表底下藏着巨大的坚韧！

---

〔1〕《红楼梦》，第273页。

最后四句：

> 试看春残花渐落，便是红颜老死时。
>
> 一朝春尽红颜老，花落人亡两不知！

看那春天就要结束，繁花零落之时，便是红颜死去之日，到那个时候，花儿凋谢，葬花人离去，一片绚烂，都归了尘土！电视剧插曲唱到结束句"花落人亡两不知"时，再次长音高昂，动人心魄，黛玉用痛彻心扉的呼声向苍天喊出了她的不平和抗争。

《葬花吟》读完了，这首诗凄楚哀伤，它用歌行体咏叹的方式加强抒情，像"红消香断有谁怜""天尽头，何处有香丘""质本洁来还洁去"这样的句子都非常抓人心，惜花、葬花本身就很感人，何况花儿一样的人埋葬她自己呢？不过这还不是这首诗能成为葬花绝唱的唯一原因。把一首葬花词写成祭奠自己青春生命的挽歌，这是《葬花吟》的内容明显不同于其他落花诗的地方；从更深的象征意义看，《葬花吟》又不只是黛玉一个人的挽歌，它同时也是大观园所有姐妹悲剧结局的预写，它预示着一切美好的事物都无法逃脱陨落的悲剧。

宝玉同步感悟《葬花吟》

　　《葬花吟》的这个象征意义，曹雪芹安排了宝玉来领悟。前文提到，这首诗的深刻内涵必须通过黛玉一边吟、宝玉一边听来共同呈现。宝玉在山坡上听完《葬花吟》，书里说他"先不过点头感叹；次后听到'侬今葬花人笑痴，他年葬侬知是谁'，'一朝春尽红颜老，花落人亡两不知'等句，不觉恸倒山坡之上，怀里兜的落花撒了一地"[1]。"恸"是大哭的意思，"恸倒"就是哭倒。《葬花吟》瞬间击中了宝玉的心房，使他心碎肠断。他想到不仅黛玉一朝飘泊难寻觅，宝钗、香菱、袭人也一样，还有他自己，还有这个园子，这些花，这些柳，眼前所有的美好，有一天都将无可寻觅。

---

　　[1]《红楼梦》，第324页。

　　黛玉喜散不喜聚，永远在热闹中孤独，别人看到繁花似锦的时候，她想到的却是落红满地，所以，只有她，能这么冷静地面对生和死、存与亡。其实关于人生的无常和美的不长久，宝玉以前不是没有想过，你看他那么爱热闹，哪儿热闹哪儿就有他，这说明他想抓住一切欢乐。小说第十九回，宝玉在袭人家里见到一个穿红衣服的女孩，袭人说这女孩明年要出嫁，宝玉听了心里不自在，接着袭人又说她也要离开贾府，宝玉就哭了。为什么？因为在他看来，出嫁跟离开一样，凡是好的美的，宝玉都不愿意失去。只不过在青春华年的享乐日子里，有关生命问题的深度思考，宝玉还有些模糊，直到这一天《葬花吟》撞进他耳中。他从黛玉的悲歌里获得了领悟：有花开就有花落，有美就有毁灭，有爱就有孤独，有生就有死，没有什么能够永远把握。因为领悟，所以悲伤，这个贵族少年被无边的悲伤笼罩着，逃不出来，他只能恸倒在山坡之上，淌满一脸的泪水。

　　黛玉听到山坡上传来哭声，心想："人人都笑我有些痴病，难道还有一个痴子不成？"[1]抬头一看，见是宝玉。黛玉说对了，她和宝玉，就是一对痴人。只有黛玉，能照亮宝玉心里那团模糊，说出他想说却说不出来的话；也只有宝玉，能懂得《葬花吟》真

---

〔1〕《红楼梦》，第325页。

正葬的是什么，能体会到诗里莫大的悲哀。他的心灵，从听到《葬花吟》的那一刻起，开始在黛玉的引领下一步一步净化。两个一起葬花的痴人，灵魂一定是相通的，那么，对这样一个与自己灵魂相通的人，黛玉又会写下怎样深情的心语呢？

题帕三绝

三绝题帕寄衷肠

题帕三绝是黛玉在什么境况下写就的诗作？为什么说这三首诗是黛玉诉说衷肠的"情书"呢？而这三首吐露黛玉衷肠的诗，又为何会写在两条半新不旧的帕子上呢？

我们都知道，《红楼梦》里，宝玉和黛玉感情很深，尤其是黛玉对宝玉。宝玉博爱，"情不情"，他不仅爱人，也对无知无觉的东西深情体贴，而黛玉专情，"情情"，她只爱她认定的那一个。可是，小说第二十三回宝黛读《西厢记》，当宝玉说"我就是个'多愁多病身'，你就是那'倾国倾城貌'"[1]，把自己

---

[1]《红楼梦》，第273页。

比作张生，把黛玉比作崔莺莺，话说得有点直白的时候，黛玉却立刻翻脸生气，制止宝玉往下说。这是为什么呢？在今天的读者看来，这个表白很是必要，宝玉的话听上去也并不唐突，可放在《红楼梦》的年代，情况就不同了。出身书香门第的黛玉自有她的含蓄，从她的教养出发，宝玉这个表白太直接，冒犯到她了。那么，怎样的表达方式黛玉能够接受呢？她会向宝玉表白吗？如果会，她怎么表白？

答案就在今天我们要读的诗歌里。黛玉会向宝玉表白，她表白的方式是写情诗。矜持孤傲的黛玉写情诗，这听上去很有违和感啊，咏海棠、写菊花才是配得上黛玉的行为，她怎么可能写情诗呢？可她的确写了，而且写了三首。

黛玉跟宝玉有三世情缘。西方灵河岸上三生石畔，神瑛侍者用甘露灌溉绛珠草使它活下来，这是第一世；绛珠草修成女体后，因为灌溉之恩无以为报，内心便对神瑛侍者郁结着一段缠绵不尽之意，这是第二世；两人下凡后，黛玉将一生的泪水偿还宝玉，了结前世的甘露之债，这是第三世。

两人在凡间第一次见面，都有似曾相识之感。宝玉说："这个妹妹我曾见过的。"[1] 黛玉早有同感，只是不便流露，心思

---

[1]《红楼梦》，第 42 页。

藏在肚子里，她想："好生奇怪，倒像在那里见过一般，何等眼熟到如此！"[1]拥护宝黛爱情的读者看到这里无不欢喜，这不就是传说中的一见钟情吗？其实他俩并非初见，而是重逢，"这个妹妹我曾见过的"貌似一见钟情，实则旧友问候，他们两个是带着神瑛侍者和绛珠仙子的木石前盟到人间来相会的。

可是相会之后，两人的情感关系发展却很慢。亲密友爱是有的，日则同行同坐，夜则同息同止，但这不是爱情，只是孩提时代兄妹之间的相亲相爱，宝黛爱情要在人间生根发芽开花结果并不容易。薛宝钗很快就进贾府了，偏也是花样年华，而品格端方容貌丰美更在黛玉之上，最要命的是她还带来了明晃晃的金玉良缘一说；又有妩媚风流的秦钟、家塾里的香怜和玉爱、唱小旦的蒋玉菡等掺和进来，要宝玉一个一个去经历并超越。在宝黛二人的情感进入到你心知我心的明朗阶段之前，该流的眼泪，黛玉一滴都省不下，该走的红尘，宝玉一步都少不了。

两人的关系什么时候才明朗起来呢？得到第三十四回。这一回所有故事的起因都是上一回的宝玉挨打。宝玉那次被父亲打得不轻，但他和黛玉的关系却因此往前走了一大步，那顿打宝玉没白挨。

---

[1]《红楼梦》，第 41 页。

宝玉挨了打，黛玉去探望，眼睛哭得像两颗桃儿，宝玉见了，心疼得忘了自己身上的痛，说："你又做什么跑来！虽说太阳落下去，那地上的馀热未散，走两趟又要受了暑。"[1]听听，这句话里每个字都透着关怀是不是？接着，宝玉还安慰黛玉，说我虽然挨了打，却不疼，我是装出来好让老爷知道的，你别当真。黛玉听了这些话，心里有万句言词涌上来，却说不出口，半天才抽泣着说："你从此可都改了罢！"[2]宝玉回答："你放心，别说这样话。就便为这些人死了，也是情愿的！"[3]他当然改不了，真能改，他就不是黛玉心中的宝玉了。两人正说着，王熙凤来了，谈话只好中断。可宝玉一直记挂着黛玉，夜深后，他拿出两条旧手帕来，打发晴雯给黛玉送去。黛玉得了手帕，思潮翻滚，难以抑制，于是提笔在手帕上写下了三首绝句，这就是红楼诗词中黛玉的又一力作——题帕三绝句。

题帕三绝句是黛玉第一次大胆正视自己对宝玉的感情，不避嫌疑写下的爱的誓言，这就是她向宝玉表白的方式。那么，具有黛玉特色的情诗会写些什么呢？

---

[1]《红楼梦》，第 392 页。
[2]《红楼梦》，第 393 页。
[3]《红楼梦》，第 393 页。

尺幅鲛绡我解赠

先读第一首：

　　眼空蓄泪泪空垂，暗洒闲抛却为谁？

　　尺幅鲛绡劳解赠，叫人焉得不伤悲！[1]

这四句诗，垂泪、抛洒、鲛绡、伤悲，都跟流泪有关。黛玉说我的眼眶里蓄满了泪，为了谁我不停地暗自将它抛洒？据这两条手帕看来，宝玉如此有心，我的眼泪正是该流的。第三句的"鲛绡"是传说中生活在南海的鲛人——一种人鱼——织的极薄的白丝，"尺幅鲛绡"指的就是那两条晴雯送来的手帕。鲛人还有一个泣珠的传说，相传他们眼中流出的泪，能化作满盘珍珠，所以"鲛绡"这个词，除了指代手帕，还暗表流泪。黛玉说你特意让人送

題帕三絕

---

〔1〕《红楼梦》，第 397 页。

手帕来，你的心思我明白，可我越是明白，就越是伤悲。

黛玉明白什么呢？她明白宝玉送手帕，潜台词是"我知道你的眼泪是为我流的"。

在写下题帕三绝句之前，黛玉与宝玉的爱情都经历了哪些阶段？而宝玉为何要送黛玉两条旧帕子呢？

《红楼梦》写到这一回时，宝黛二人的关系已经走过了几个重要节点，比如幼年时期的亲密友爱、爱情的朦胧阶段等，都经历过了。小说第八回，宝钗在家养病，宝玉和黛玉一先一后前去探望。黛玉进了梨香院，见宝玉也在，脱口便说："嗳哟，我来的不巧了！"[1]你看，她吃醋了。接着，宝玉要吃冷酒，薛姨妈劝不住，宝钗却劝住了，黛玉心里更不舒服。恰好这时紫鹃让小丫鬟雪雁送手炉来，黛玉就说："也亏你倒听他的话。我平日和你说的，全当耳旁风；怎么他说了你就依，比圣旨还快些！"[2]这明显是借题发挥，黛玉在挖苦宝玉呢。不过那天结束时的场景很温馨，饭后黛玉问宝玉走不走，宝玉答道："你要走，我和你

---

〔1〕《红楼梦》，第 105 页。
〔2〕《红楼梦》，第 107 页。

一同走。"[1]黛玉还细心地替宝玉戴好了大红猩毡斗笠,然后两人一起告辞。"你要走,我和你一同走"这句话,理解成宝玉的随口应答肯定没错,理解得更宽些,说它暗示宝玉愿和黛玉终生相伴不离不弃,不也是可以的吗?总之这一回里描写的宝黛情感朦朦胧胧的,很美。

到了第十六回,林如海去世,黛玉奔丧后返回贾府。两人见面,宝玉见黛玉越发出落得超逸,与众不同。《红楼梦》很少描写宝玉眼中的黛玉有多美,可是我们都知道,对于爱情中的双方,与众不同就是独一无二,这比漂亮美丽要紧一百倍。

再往后,第二十三回,他俩躲在大观园沁芳闸桥边的桃树底下一起读《会真记》,读完之后,再一起把树上掉下来的花瓣埋进花冢。这里的《会真记》指的就是《西厢记》,张生和崔莺莺的爱情戏嘛,这在当时是禁书。共读《西厢记》和同葬桃花对宝黛二人的情感起了重要的推动作用,从此他俩拥有了别人无法分享的秘密。《红楼梦》里黛玉一共葬了两次花,写《葬花吟》的是第二次,这是第一次,这一次葬花黛玉心情不错。

可是好心情不容易持久,黛玉跟宝玉之间总有闹不完的别扭吵不完的架,爱情就像四月的天气,忽晴忽雨,这方面他俩一点

题帕三绝

---

[1]《红楼梦》,第108页。

儿都不脱俗。第二十九回，因为清虚观的张道士给宝玉提亲，两人又大吵了一架，宝玉将那块通灵宝玉又摔又砸，黛玉呢，刚吃下去的药全都吐了出来。贾母说不是冤家不聚头，几时我断了这口气，凭着这两个冤家闹上天去，我也眼不见心不烦。这话传进了宝黛二人耳中，他俩像参禅一样地品味"不是冤家不聚头"这七个字，感情又向前推进了一步。

黛玉曾经对宝玉说："你不用同我好一阵歹一阵的，要恼，就撂开手。"[1]这当然是赌气的话，好一阵歹一阵、没事找事的架，他俩还是免不了要吵的，你看宝玉跟宝钗想吵都吵不起来。宝钗一口一个"宝兄弟"，识大体，懂谦让，劝宝玉读书上进的道理很多，吵架拌嘴的话一句都没有。殊不知，这正是她和宝玉的关系里最致命的地方。宝黛二人总是吵，但他们怎么吵都不伤感情，怎么吵都不可能"撂开手"，为什么呢？因为黛玉从来不说混账话！

小说第三十二回，史湘云劝宝玉，说你再怎么不喜欢读书，也该会会为官作宰的人们，讲讲仕途经济的学问，别成天只在我们队里混。宝玉听了，立刻冷下脸来，答道："姑娘请别的姊妹屋里坐坐，我这里仔细污了你知经济学问的。"[2]袭人见气氛不对，赶紧上来打圆场，说云姑娘快别说这话，上回宝姑娘也说

---

〔1〕《红楼梦》，第 202 页。
〔2〕《红楼梦》，第 375 页。

潇湘诗语

了一回，他不管人脸上过得去过不去，拿起脚就走，羞得宝姑娘脸通红。这幸好是宝姑娘，那要是林姑娘，不知又该闹成什么样、哭成什么样呢？宝玉不假思索接了一句："林姑娘从来说过这些混帐话不曾？若他也说过这些混帐话，我早和他生分了。"[1]

林姑娘从来不说混账话，若她也说过，我早和她生分了！多么动人的爱情誓言！这话湘云和袭人都不明白，可当时正好就在窗外的黛玉一字不漏地听进了耳中，她明白！宝玉这句话让她百感交集，想说无从说，一片热泪又滚了下来。宝玉出了怡红院，见黛玉在前面边走边抹眼泪，忙赶上前去，从肺腑里说出"你放心"三个字来。放心什么？是管他什么金玉良缘，我只念木石前盟吗？还是我虽然多情，见谁都好，但妹妹你才是最重要的！好像是，又好像不是，没这么具体，但具体是什么，曹雪芹既然不明说，读者也就不必去猜，放心什么，他们两人自有默契。

"你放心"是非常笃定的话，有了这三个字，第三十四回宝玉的旧手帕才送得出去，他的赠帕传情才能得到黛玉的完全理解和热烈响应，促使她写下这三首情诗。

你能想象黛玉体会到宝玉赠帕之意后的震撼吗？那种震撼，一定比两人一起读《西厢记》、比宝玉听懂了她的《葬花吟》还

题帕三绝

---

[1]《红楼梦》，第 376 页。

要大，毕竟，爱需要心灵相通，也需要言语的表达！

　　"尺幅鲛绡劳解赠"，为什么送旧手帕？晴雯无法理解。她对宝玉说：怎么送两条半新不旧的帕子？林姑娘又要恼了，说你打趣她。宝玉却把握十足，说："你放心，他自然知道。"[1]的确，黛玉知道，两条手帕的用意她悟出来了：宝玉是担心我还在为他挨打而哭，送手帕来，意思是你放心，我已经不疼了，妹妹别哭，快把眼泪擦干。就这么简单吗？就这么简单！没有感天动地的海誓山盟，"你放心，他自然知道"，八个字，再朴素不过，却动人无比。

　　宝玉通过赠帕来传情，但是这跟他和蒋玉菡交换汗巾子不一样，跟贾芸和小红一个丢手帕一个捡手帕也不一样，这两条手帕并不是他跟黛玉私定终生的信物，曹雪芹不会为他俩安排那么俗套的才子佳人故事。那宝玉为什么送旧手帕呢？利用汉字的谐音效果，可以有两种解释：一、丝帕就是思帕，横也丝（思）来竖也丝（思），宝玉是在借手帕诉说自己的心事；二、旧帕轻（就怕卿）拭泪，非是两条新（心），这是宝玉向黛玉暗示两人同心。这两种解释都是很有趣的妙想，不过我总觉得，也许不解释，恰是最好的解释。

　　宝玉让晴雯去潇湘馆看看黛玉，晴雯说白眉赤眼的，我做什

――――――――――

　　〔1〕《红楼梦》，第396页。

潇湘诗语

么去呢？哪怕送件东西也行啊。宝玉想了想，伸手拿了两条手帕撂给晴雯。注意，宝玉的动作是"撂"，是随手扔过去，而非郑重托付。随手拿过来的两条手帕，不是精挑细选，不是上好的新款，只是家常用过的旧物，但是它们能传递宝玉的温度，那温度里有不必明说的无限深情，此时无声胜有声。就像冬日寒风中两人告别，其中一位取下自己脖子上带着体温的围巾给对方系上一样，旧的，正好，能瞬间将所有新的、"上好的"比下去。

回到这首绝句。最后一句说"叫人焉得不伤悲"，体会了宝玉的赠帕之意，黛玉应该高兴才对呀，她为什么越体会越伤悲呢？这个问题，得结合第二首绝句一起分析。

错里错以错劝哥哥，情中情因情感妹妹。

任他点点与斑斑

第二首绝句是这么写的：

抛珠滚玉只偷潸，镇日无心镇日闲；

枕上袖边难拂拭，任他点点与斑斑。[1]

这四句诗继续写流泪。"抛珠""滚玉"说的都是流泪，"潸"是流泪的样子。上一首以"叫人焉得不伤悲"结尾，这一首呢，用"抛珠滚玉只偷潸"开头，宝玉赠帕传情，黛玉也体会到了他的用意，如此完美的心心相印，为什么黛玉依然泪流不止呢？

宝玉说林姑娘从来不说混账话，否则我早和她生分了，黛玉听了有什么反应？书中原话："不觉又喜又惊，又悲又叹。"[2]喜的是宝玉果然是个知己；惊的是他竟然不避嫌疑，在人前这样

---

〔1〕《红楼梦》，第 397 页。

〔2〕《红楼梦》，第 376 页。

表露真心；叹的是你我既为知己，又为何来一宝钗？悲的是父母都不在，我纵有此心，谁能替我做主？加上近来神思恍惚，气弱血亏，虽得知己，奈何命薄！这一回晴雯送来手帕，黛玉心里再次翻江倒海，五味杂陈。第一首绝句开头就说"眼空蓄泪泪空垂"，"空"就是徒劳，我懂你的心思，正因为懂，我才更加伤悲。我料到你我这番情意终究只是徒劳一场，难结善果，上一世的木石前盟到底敌不过这一世的金玉良缘！

别人先不说，只看贾母对宝玉婚事的态度。小说第五十七回，紫鹃试探宝玉，谎称黛玉要回苏州原籍去，宝玉一听，顿时如晴天霹雳一般，手脚冰凉几乎死了过去。这事儿闹得阖府皆知，可是贾母却来了个四两拨千斤，她流泪了，但说出来的话轻描淡写："我当有什么要紧大事，原来是这句顽话。"[1]薛姨妈平时没看出有多机灵，那天的反应却很快，跟着就长篇大论起来，说宝玉本来心实，林姑娘又是打小儿来的，两人一处长到这么大，自然比别个不同。这会儿热辣辣的说一个离去，别说他是个实心的傻孩子，便是冷心肠的大人也要伤心。这不是什么大病，吃一两剂药就好了……其实宝玉不这么闹，他跟黛玉的感情在贾府也不是秘密，贾琏的小厮兴儿就曾经告诉过尤二姐：宝玉的亲事已经有

题帕三绝

---

〔1〕《红楼梦》，第682页。

了，将来定的准是林姑娘。这谁都知道的事情，就算薛姨妈存有私心，故意将宝黛二人的儿女情往手足情上带偏，那么，贾母呢？她为什么头一个回避？她不是说过不是冤家不聚头吗？她不是最爱这两个玉儿吗？可见在宝玉的婚事安排上有太多现实的情非得已，复杂到连贾母都得让步。宝黛木石前盟只能是前盟，无法在人间兑现。

接着往下读诗。第二句"镇日无心镇日闲"，"镇日"就是整日，为什么整日无心整日闲呢？因为有心和忙碌都给了这份感情，宝玉就是黛玉生命的全部，宝玉之外，万事皆空。小说第二十六回写宝玉来潇湘馆，还在屋外，就听见里面传出黛玉细细的长叹声，她叹的是"每日家情思睡昏昏"，这是《西厢记》里崔莺莺思念张生时的唱词，可见黛玉偷看《西厢记》后跟莺莺小姐有了共鸣。"每日家情思睡昏昏"跟"镇日无心镇日闲"一样，都是陷入幽情的少女常有的状态，这句诗里的黛玉真实、坦白，她没有遮掩自己的感情。

最后两句"枕上袖边难拂拭，任他点点与斑斑"，这两句把全诗的情感推向了高潮。枕上袖边难拂拭的是眼泪，点点与斑斑的还是眼泪，都写流泪，跟前面有不同吗？有。这两句诗里有黛玉的态度，"任他点点与斑斑"，这个"任"字就是她的态度。我的眼泪止不住地往下流淌，枕上刚擦干，袖边又打湿，那就由着它，任凭它流去吧，不擦了！我悲伤，但我不放弃；看不到希望，可我依然坚持。黛玉活得太清醒，所以也就太痛苦。她葬花就是清醒的表现，手帕上题诗也是。

我愿洒泪逐湘妃

《红楼梦》里，"泪水"几乎贯穿了黛玉一生。为了报神瑛侍者的前世恩情，她要用一辈子的眼泪来还。偌大的天地，她想要的不过是能和宝玉在一处笑闹而已。黛玉在题完这三首"表白诗"后，竟突然"病"了。那么她究竟生了什么"病"？这个"病"与她的最终结局又有何关联呢？

最后读题帕三绝句之三：

彩线难收面上珠，湘江旧迹已模糊；

窗前亦有千竿竹，不识香痕渍也无？[1]

---

[1]《红楼梦》，第397页。

这四句还是写流泪。如果脸上的泪珠能用彩线穿起来，那么再多的彩线也穿不完。当年湘妃哭舜，泪水也是这么多吧，如今她们的故事早已模糊远去。第二句诗里有典故。据说湘江一带有种竹子，上面带有紫褐色的斑点，相传是舜的两个妃子娥皇和女英的泪水染成的。舜南巡时死在苍梧，娥皇、女英千里寻夫，在湘江边得知舜去世的消息后，痛哭祭夫。她们的眼泪滴在江边的竹子上，留下了血痕似的斑点，眼泪流尽后，她们双双投江而死。后来人们称二妃为湘妃，称这种斑竹为湘妃竹。黛玉说我的窗前也有千竿青竹，我带血的眼泪是不是也会染上去，把它们哭成斑竹呢？

用泪染青竹来结束题帕三绝句，黛玉自有她的用意。这个典故她不是第一次用，黛玉对湘妃哭舜的故事情有独钟。这个故事，不仅是流泪的故事，也是殉情的故事，这两点用在黛玉身上都合适。黛玉住的潇湘馆里种了一大片翠竹，小说第三十七回姐妹们起诗社，探春给黛玉起别名时说，当年娥皇、女英洒泪在竹上成斑，如今黛玉住的正好是潇湘馆，又爱哭，将来她想林姐夫，那些竹子也是要变成斑竹的，咱们以后叫她"潇湘妃子"就完了。众人拍手叫好，黛玉什么反应？她低了头不言语。为什么不言语呢？因为"潇湘妃子"这个雅号深得其心，她完全认同探春的提议。在黛玉的潜意识里，她把自己看成跟湘妃一样的人物，第三

题帕三绝

73

首绝句的核心就在这里。读这首诗，我们只要了解湘妃泪洒青竹、泪尽投水的典故，就能读懂黛玉当时的心情，她从湘妃故事里看到了自己这场爱情的悲剧结局。三首绝句写到最后，她已经不光有"叫人焉得不伤悲"的痛苦，不光有"任他点点与斑斑"的坚持，而且果断地生出"我愿洒泪逐湘妃"的决心了。就像《葬花吟》是黛玉对自己生命的悲剧结局所做的预言一样，题帕三绝句，预示着宝黛爱情同样是悲剧性的结局。

却不知病由此萌

　　题帕三绝句是黛玉所有的诗歌中最突出的通篇写泪的作品，十二句句句写哭，字字含泪，从眼里的泪写到竹子上的泪，从现实的泪写到传说中的泪。这是为什么？黛玉写给宝玉的情诗为何从头到尾流泪？她为什么用流泪来表达自己对这份情感的坚守呢？因为眼泪就是黛玉的生命。

　　我们知道黛玉是绛珠仙子下凡来偿还神瑛侍者的甘露灌溉之恩的，为了还泪债，她一生都在哭中度过。有事哭，没事也哭，高兴哭，不高兴更哭；一句话，黛玉就是眼泪的化身，她的生命与流泪同在。第四十九回宝玉见黛玉比往年瘦了，劝她好生保养，黛玉回答："近来我只觉心酸，眼泪却像比旧年少了些的。心里只管酸痛，眼泪却不多。"[1]宝玉说这是你哭惯了心里起疑，

〔1〕《红楼梦》，第575页。

哪有眼泪会少的？可是宝玉错了，别人的眼泪不会少，黛玉会，她的生命长度是由眼泪的总量来决定的，眼泪有多少，生命就有多长。所以，题帕三绝句里的眼泪仅仅是黛玉对宝玉的相思之泪吗？绝不！它还接续着宝黛之间眼泪还债的前世之缘，更代表了黛玉对宝玉赠帕的回应。宝玉相信黛玉能够理解旧手帕的用意，他不是对晴雯说"你放心，他自然知道"吗？黛玉当然知道，她的回答就在这三首题帕诗里，她要说的是：我没有什么不放心的，我会用眼泪，不，我会用生命报答你的情意！

题完这三首诗后，书上说黛玉"浑身火热，面上作烧，走至镜台揭起锦袱一照，只见腮上通红，自羡压倒桃花，却不知病由此萌"[1]。黛玉写过很多诗，但是没有一首像题帕三绝句这样如此正面、如此直接地表达她对宝玉的感情。她在诗里自比殉夫的湘妃，表示自己甘愿像湘妃那样，万苦不怨、泪尽乃止，为了宝玉交付生命也在所不惜，这样的情诗黛玉写着写着自然会腮上通红，心底燃情，不过这还不是这几句话的重点，这几句话的重点在哪呢？在"却不知病由此萌"。黛玉自己并不知道，从题帕的那一刻起，她就开始生病了，而且这病是永远好不了的。黛玉生的是什么病？是气弱血亏的劳怯之症还是男恋女慕的相思之病？都不是，她生

---

〔1〕《红楼梦》，第397—398页。

的是痴病。《红楼梦》里描写了不少痴人，宝玉痴，黛玉痴，香菱痴，龄官痴，什么是痴？一往情深到了极致叫作痴。明知道跟宝玉的感情结果渺茫，可黛玉无怨无悔，为情而生，为情而死。读者完全不必纠结宝玉最后娶的到底是黛玉还是宝钗，在黛玉眼里，过程才是最美的。她执着、痴迷于自己跟宝玉这份两心相印的知己之情，而她的痴情、痴病，就从题帕开始。

最后还有一个问题：这三首绝句，宝玉读了之后会有什么反应？这个问题没有答案。前文说过，宝黛二人的赠帕和题诗不同于古代才子佳人故事里常见的私相授受，黛玉其实是写了三首没有送出去的情诗。这三首诗的作者和读者都是她自己，旁人绝对读不到，包括宝玉，在《红楼梦》前八十回里，宝玉压根儿就不知道有这三首绝句。题帕诗是黛玉对爱的誓言，但她并不着急让宝玉知道，你看黛玉的表白方式多么异乎寻常，用她的话来说这叫什么呢？这叫作"我为的是我的心"。

宝黛二人心意相通之后，感情逐渐进入了平稳期。情到深处反归平淡，过去常有的怄气、吵闹被彼此之间的关爱和默契取代，这种时候黛玉又会有怎样的诗歌创作呢？

秋窗风雨

风雨中的秋情

秋天的景物多有萧瑟寂寥之感，加之凄风冷雨的渲染，总能无端勾起人的万千愁绪。大观园里，向来多愁善感的林妹妹，便时常被这寒凉的秋意击中。这个似娇花照水般的少女，究竟将怎样深重的离愁别恨融入了笔尖，《秋窗风雨夕》又表达了黛玉哪些连绵不绝的愁绪？她写作这首诗的前因后果又是什么呢？

《秋窗风雨夕》是黛玉继《葬花吟》和题帕三绝句之后写下的又一首重要诗作。这首诗出现在第四十五回，所谓秋风秋雨愁煞人，光从题目看，有秋，有风雨，而且是晚上，这首诗一定跟"愁"有关。我们知道，春末夏初落花遍地的时候，黛玉写过葬花的诗，表达自己对美丽生命强烈的爱和珍惜，那么，当秋风秋雨袭来，独自在窗

秋窗风雨

81

下倾听秋的声音时，她会写下怎样的心情呢？诗是这样写的：

> 秋花惨淡秋草黄，耿耿秋灯秋夜长。
>
> 已觉秋窗秋不尽，那堪风雨助凄凉！
>
> 助秋风雨来何速，惊破秋窗秋梦绿。
>
> 抱得秋情不忍眠，自向秋屏移泪烛。
>
> 泪烛摇摇爇短檠，牵愁照恨动离情。
>
> 谁家秋院无风入，何处秋窗无雨声！
>
> 罗衾不奈秋风力，残漏声催秋雨急。
>
> 连宵脉脉复飕飕，灯前似伴离人泣。
>
> 寒烟小院转萧条，疏竹虚窗时滴沥。
>
> 不知风雨几时休，已教泪洒窗纱湿。[1]

《秋窗风雨夕》也是歌行体，内容通俗，不难懂。全诗读完，不难发现：在二十句一百四十个字的不算长的篇幅里，"秋"这一个字就出现了十五次，"风"和"雨"分别出现了五次，可见这个风雨交加的秋夜不一般，它触动了黛玉的某些情思，以至于她一再咏叹，反复渲染，将浓浓秋意遍布在每一个诗行间，可想而知，当时她的情绪非常低落。那么她具体写了些什么呢？这二十句诗可以分成五个小节来读。

---

[1]《红楼梦》，第530页。

那堪风雨助凄凉

第一小节写道:

秋花惨淡秋草黄,耿耿秋灯秋夜长。

已觉秋窗秋不尽,那堪风雨助凄凉!

"惨淡"就是暗淡无光,指风雨中的秋花失去了往日的神采,这两个字,也用来指人在面对衰飒秋景时的感受。秋花惨淡,秋草枯黄,起头只一句,便立刻将读者引入了令人感伤的秋季。"耿耿秋灯秋夜长","耿耿"是灯光微亮的意思,也可以指灯下的人心事重重辗转难眠。点燃一盏烛灯,雨夜孤灯下,有个心绪不宁的人无法入眠;窗外早已是秋意深沉,风从翠竹梢头、芭蕉叶上吹过,寒意一天比一天逼人,"那堪风雨助凄凉",哪还经得起这番突然而降、助长凄凉之感的秋雨呢?夜耿耿而不寐,于是这夜便显得格外的漫长难熬。这第一小节写完,黛玉的情绪已经

秋窗风雨

风雨夕闷制风雨词，金兰契互剖金兰语。

出来了，我们看到，在这个风雨凄凉的秋夜，她耿耿难眠，因为什么呢？开篇这四个句子表现得不明朗，还看不出什么来。

凡事都有缘起，黛玉写这首诗的起因，书中有详细交代。说是那个秋日，太阳还没下山就变天了，淅淅沥沥地下起雨来，而且一发不可收，"兼着那雨滴竹梢，更觉凄凉"[1]。一般来说，秋这个季节有两种风貌，秋高气爽登高远游是令人惬意的一种，秋风萧瑟叶黄草枯是惹人愁绪的一种。写《秋窗风雨夕》的当天，黛玉生着病，咳嗽不断，胡乱喝了两口稀粥，便歪在床上百无聊赖，显然，这一天她感受到的"秋"是第二种风貌。

本来宝钗要来潇湘馆的，因为变天，黛玉推测她来不了了。宝钗为什么来呢？熟悉原著的读者都知道，小说写到第四十五回时，钗黛关系进入了一个新天地，她俩结束了以往若明若暗的对立状态，变成了闺中知己。第四十五回的回目是"金兰契互剖金兰语　风雨夕闷制风雨词"，黛玉是这一回的主角，回目中的两个故事都以她为中心。什么是"金兰契""金兰语"呢？《周易》有言：

二人同心，其利断金；同心之言，其臭如兰。[2]

两人知心契合，意气相投，如金之坚，似兰而香。所谓金玉契，

〔1〕《红楼梦》，第529页。
〔2〕《周易正义》卷七《系辞上》，〔清〕阮元校刻：《十三经注疏》（清嘉庆刊本）（一），中华书局2009年版，第164页。

指的就是人与人之间意气相投的深厚友谊，金兰语就是知心人说的知心话。那么这一回写谁和谁知心呢？宝玉和黛玉吗？不，是宝钗和黛玉。她俩不是一直暗中较劲吗？尤其是黛玉对深藏不露的宝钗，总提防着是吧，她们什么时候变成知心人了呢？这个得从第四十回说起。

那一回刘姥姥二进荣国府，贾母留她一起逛大观园。宴席上大伙儿行酒令，轮到黛玉时，她脱口而出"良辰美景奈何天"和"纱窗也没有红娘报"。[1]这两句，前一句是《牡丹亭》里的词，后一句是《西厢记》里的词，黛玉说的时候别人没留意，只有宝钗回头看着她。为什么？因为黛玉露馅了，她暴露了自己偷看禁书的行为。《牡丹亭》和《西厢记》，一部是杜丽娘和柳梦梅的爱情戏，一部是崔莺莺和张生的爱情戏，用宝钗的话来说，都不是什么"正经书"，重视礼教的人家，不要说深闺中的女孩不该读，连男人们也最好不见不看，否则便移了性情不可救药。黛玉出自书香门第，她不能犯这样的错，犯这样的错不光她自己难堪，也有辱她林家的家风。

这个问题宝钗发现了，很快，她俩之间有了一次推心置腹的交谈。宝钗半开玩笑地说你跪下，我要审你，昨儿行酒令，你个

秋窗风雨

[1]《红楼梦》，第 474 页。

不出闺门的千金小姐，满嘴里说的是什么？黛玉多要强啊，她什么时候服过软，可是见宝钗点到这个话题，她立刻意识到自己当时的确失于检点，于是红着脸搂住宝钗叫好姐姐，满口央告，求她别把这事儿往外说。宝钗呢，见好就收，不仅不再往下追问，而且款款地把自己的秘密说了出来。"款款"是书里曹雪芹用的词，意思是缓缓地、慢慢地，烘托出两个少女掏心窝子说悄悄话时的亲密氛围。宝钗说其实我也淘气过，禁书从前也没少读，只是后来知错就改，女孩家该上心的是针黹纺织，不认得字最好，已经认得字了，就不该碰杂书、邪书。那天本来是宝钗要审黛玉的错，结果呢，她主动交心，说出自己的秘密来，这让黛玉踏实了不少，她心里的敌对感和自责感大大消减，哦，原来你也犯过错！不管黛玉认不认同宝钗的"邪书说"，宝钗没在宴席上当众指出她的错，保全了她的体面，光这一点，黛玉就很感动，以至于长期以来对宝钗的防备心瞬间被攻破。所以，她一改往日的我行我素，不敢有半句分辩，"垂头吃茶，心下暗伏，只有答应'是'的一字"[1]。

到了写《秋窗风雨夕》的第四十五回，秋分刚过，黛玉照例旧疾复发，这一年因为贾母高兴，她跟着游了两回园子，劳了神，病情比往年又重了几分。宝钗来潇湘馆探病，对她说，你药方上

---

[1]《红楼梦》，第493页。

的人参肉桂虽然益气补神，但是性太热，如果每天早起拿上等燕窝一两、冰糖五钱，用银铫子熬粥喝，最是滋阴补气，比药还强。黛玉说我原是无依无靠投奔了来的，常年生病，已经闹得天翻地覆了，再多出熬燕窝粥的事儿来，不是更讨人厌招人骂吗？宝钗说你放心，有什么委屈，只管告诉我，燕窝我家里只怕还有，我叫人送来；又说我虽然有个哥哥，可是我那哥哥怎么样，你是知道的，只有个母亲，比你略强些，咱们也算同病相怜。宽慰了黛玉一堆话，这些话大大拉近了两人的心理距离。

小说写到这里，通过行酒令和送燕窝这两件事，黛玉对宝钗已是心悦诚服。宝钗对这两件事的处理心思缜密，表面上看起来却再自然不过，因此，极聪慧极敏感可也极天真极没心计的黛玉丝毫不觉得反感。虽然关于宝钗这么做有没有更深的目的、她的为人是温厚还是伪善等问题，读者历来争论不休，但至少在黛玉这方面，她是真的被宝钗打动了，从此彻底放下前嫌，将宝钗视为自己的知心人，这就叫作"金兰契互剖金兰语"。

平常有人来探黛玉的病，说不上三五句话，黛玉就烦了，可那天一激动，她反常地向宝钗发出了邀请，说："晚上再来和我说句话儿。"[1]宝钗答应了，没想到一场风雨，两人约会成空。

秋窗风雨

---

〔1〕《红楼梦》，第 529 页。

古人说有约不来过夜半，闲敲棋子落灯花，可黛玉哪来这样的气定神闲，窗外秋雨连绵，屋里灯烛摇曳，宝钗没能来赴约，她倍感寂寞。"那堪风雨助凄凉"，黛玉的凄凉感就是被这寂寞惹出来的。

牵愁照恨动离情

黛玉其实只是个十来岁的少女，她小小年纪，就经历了双亲相继离世的打击。多年来，在贾府虽然衣食无忧，但是她的内心世界依然孤寂。《秋窗风雨夕》要表达的究竟是哪种秋思和离情？谁又是黛玉笔下的"离人"呢？

接着往下读诗：

助秋风雨来何速，惊破秋窗秋梦绿。

抱得秋情不忍眠，自向秋屏移泪烛。

黛玉大概歪在床上小憩了一会儿，想在睡梦中把这个风雨之夜不知不觉地挨过去，可是风雨太急，敲打着窗户，敲碎了她短浅的梦。她说我在梦里刚看到一点春的绿色，急促的秋声就把梦惊破，再也续不上了，想再入睡已是千难万难。我只好"自向秋屏移泪烛"，

秋窗风雨

看烛影在屏风上舞动，看烛泪一滴一滴往下流。唐代诗人杜牧说：

> 蜡烛有心还惜别，替人垂泪到天明。[1]

杜牧把蜡烛滚下来的烛油说成是替人流淌的离别之泪，现在，黛玉看着蜡烛流泪，她也想到了离别。

第三小节：

> 泪烛摇摇爇短檠，牵愁照恨动离情。
> 谁家秋院无风入，何处秋窗无雨声！

"爇短檠"三个字，爇是燃烧，短檠是矮的灯架，矮灯架上烛光摇曳，烛泪越流越急，烛边的人不由得被它牵动了离愁惹来了别恨。"谁家秋院无风入，何处秋窗无雨声"这两句，从唐诗"谁家今夜扁舟子，何处相思明月楼"发展而来，说家家有秋风，处处有秋雨。秋风秋雨为何如此动人心魄？因为它们带来了愁绪，窗下听夜雨，谁不动离情？有离别的地方就有不绝的思念，家家有离别，便处处有思念。

这两个小节主要写的都是离别，那么，黛玉跟谁离别了呢？她有离情需要抒发吗？黛玉的父母双亡，可是小说一开始，她母亲就去世了，父亲呢，第十四回交代他病故，而《秋窗风雨夕》的写作远在第四十五回呀。所以，一场秋雨牵愁照恨动离情，如

---

[1]〔唐〕杜牧：《赠别二首》之二，《全唐诗》卷五百二十三，第5988页。

果黛玉真有离情，不可能是因为父母离世。其他人呢？跟黛玉关系最亲的贾母、宝玉，都在呀；一起成长的姐妹里面，最早从大观园搬出去的是宝钗，然后是二姑娘迎春。她俩一个是抄检大观园时为了避嫌而搬走，一个是即将出嫁，被邢夫人提前接出园去；可这两件事，都远在第七十回以后，这会儿还早呢。所以，写《秋窗风雨夕》的时候，黛玉身边没有亲人离别，他乡也没有人需要她牵挂，除了思念已故的父母，她应该没有其他离情。那么，既然没有其他离情，诗里为什么反复写离别呢？

再读第四小节：

罗衾不奈秋风力，残漏声催秋雨急，

连宵脉脉复飕飕，灯前似伴离人泣。

黛玉收拢思绪，从"谁家""何处"回到她的潇湘馆孤灯下。床上的丝被抵挡不住风雨寒凉，静夜中计时的滴漏声格外清晰，雨像被它催促着一般，下得越来越急。秋雨连夜，冷风飕飕，这场风雨久久不停，它是在陪伴灯下的离人一起哭泣吧！这一节里出现了"离人"，这又是个耐人寻味的词。谁是"离人"？

诗歌读到这里，《秋窗风雨夕》中的两个疑点都出现了：第一，无人离别，黛玉为什么写离别？第二，谁是灯下的"离人"？

刚才说因为下雨，宝钗失约了。宝钗来不了，这漫漫长夜如何打发呢？看书。黛玉随手拿了本书出来，书名叫作《乐府杂稿》。

这本书不见有其他文献记载，可能是曹雪芹杜撰出来好为黛玉这一次写诗服务的。《乐府杂稿》不存在，但乐府这个词是有的。汉代管理音乐的机构叫作乐府，由这个机构保存下来的歌谣也叫乐府，后代文人模拟乐府古题写的诗，统一叫作乐府诗。黛玉拿了《乐府杂稿》出来翻看，引起她注意的是其中两首诗，一首《秋闺怨》，一首《别离怨》。她为什么单单留意这两首诗呢，因为秋天。秋天是离别的季节，宋词有云：

多情自古伤离别，更那堪、冷落清秋节！[1]

有离别就有闺怨，念君客游思断肠，不觉泪下沾衣裳。闺怨和别离是文学作品中"秋"这个主题常见的描写内容，好比秋的标签。所以，《秋闺怨》《别离怨》这两首诗很快就将风雨之夜情绪本来就低落的黛玉带进了秋的主题中，她读着读着，便心有所感，情不自禁地写下了这首《代别离》，"代"就是拟作，说明《代别离》是模仿《秋闺怨》和《别离怨》而创作的。

怎么是《代别离》呢？那天黛玉做的诗不是叫作《秋窗风雨夕》吗？这里简单解释一下：黛玉模仿乐府古题进行创作，所以用了个乐府诗题《代别离》；这首诗的句法和风格呢，又是仿照唐代诗人张若虚的《春秋花月夜》来写的。《春秋花月夜》是

---

[1]〔宋〕柳永：《雨霖铃》，《乐章集》中卷，上海古籍出版社1988年版，第24页。

唐诗中的一流作品，写法上每四句一转韵，一韵一小节，描写诗情、画意、哲理、人生，其中就有人间的别离之情，它从内容到形式都影响了《秋窗风雨夕》的创作。"秋窗风雨夕"这五个字，也是照着"春江花月夜"拟的，这些书里都有交代。也就是说，黛玉这首诗完整的题目应该叫作《代别离·秋窗风雨夕》。

既然如此，诗里的两个疑点就都好理解了，别离就是《秋窗风雨夕》的主题，所以黛玉当然要在诗里反复地描写离情，而且这是一首模仿之作，即使不模仿，刚才说过，离别好比秋的标签，写秋天的诗，总绕不过离愁别恨去。至于离人，从字面上说，离人可以指离家在外的人，也可以指处于分离状态中的人，比如远游者的妻子，也就是闺中的思妇。《春江花月夜》里有这样的句子：

可怜楼上月裴回，应照离人妆镜台。[1]

说因为天上有云在浮动，小楼上的月光明灭不定，它柔和的清辉洒在思妇的梳妆台上，这里的离人指的就是思妇。黛玉笔下的"离人"跟"应照离人妆镜台"的"离人"意思是否一样呢？一样。黛玉在诗里是泛写，谁是处于离别之中的思妇，她并无实指。她的意思是在今天这样凄风冷雨的秋夜，一定有离人在孤灯下垂泪，思念远方久久不归的亲人。

---

[1]〔唐〕张若虚：《春江花月夜》，《全唐诗》卷一百十七，第1184页。

风雨潇潇的夜晚将黛玉千回百转的愁肠再次牵扯出来，那么《秋窗风雨夕》还表达了她的哪些忧愁呢？这首诗是否也透露出了潇湘妃子往后的命运走向？

继续读这首诗剩下的四句：

寒烟小院转萧条，疏竹虚窗时滴沥。

不知风雨几时休，已教泪洒窗纱湿。

雨不停地下，潇湘馆里寒雾弥漫萧条冷落，竹梢头、纱窗上，雨珠还在往下滴。这风什么时候能停，这雨什么时候能住啊？你看窗纱已经湿透，打湿它的难道是雨水吗？那是我滚滚而下的眼泪吧！诗歌收尾的时候，黛玉泪如雨下。整首诗，从风雨凄凉、抱得秋情到动离情、离人泣，最后以泪洒窗纱结束，她的情绪是越来越悲伤，越来越哀怨。那么，又有问题出现了：没有亲人离开，黛玉自己不是离人，《秋窗风雨夕》又只是一首模仿之作，她为什么这么悲伤？这是否说明前面的解释不合理呢？

《秋窗风雨夕》是不是诗谶

前面说过，曹雪芹笔下的诗词很多都对书中人物的命运有暗示作用，《秋窗风雨夕》写得这么伤感哀怨，使读者很难不把诗里描写的"秋"跟黛玉人生的"秋"联系起来。小说写到这一回，黛玉除了一如既往地对自己寄人篱下的身世耿耿于怀外，每况愈下的身体又加重了她的生命悲苦感，因此，即使已经得到了宝玉的爱情，她对未来依然不敢心存希望。宝钗来探病，建议请个更高明的大夫，黛玉回答："不中用。我知道我这样病是不能好的了。"[1]她的口气是颓丧的，爱情没有使她振作，她意识到了死亡的威胁。而且，这个时候黛玉的眼泪已经快要流尽了，这以后她即使想哭，也只是心酸，泪水却少得多。她是来人间还泪债的，

---

[1]《红楼梦》，第527页。

秋窗风雨

97

泪水流尽，情债已还，她不就很快要魂归太虚了吗？诗里的别离，是否暗示黛玉泪干情尽、命不久长、即将跟宝玉生离死别呢？《秋窗风雨夕》是否预示了小说八十回以后的某些情节呢？它是否跟《葬花吟》一样是一则预言黛玉命运结局的诗谶呢？

都是，这样理解这首诗一点儿都没错。诗无达诂，能讲通就达诂，但这并不说明前面的解释不合理，只把《秋窗风雨夕》理解为诗谶是不全面的，令人有意犹未尽之憾。如果我们留意黛玉写这首诗的前因和写完之后发生了什么，也许能够读出诗里更多更深的内容来。

前因上文说过了，钗黛二人金兰契互剖金兰语，黛玉邀请宝钗晚上再来潇湘馆闲谈，可是宝钗没能来，于是这一回目里的另一个故事"风雨夕闷制风雨词"就发生了。风雨词就是《秋窗风雨夕》，因为这首诗是黛玉模仿乐府歌词写的。"闷"是情绪郁结、不舒畅的意思，这个字在小说里频繁地使用在黛玉身上，她一不开心就回房生闷气，一生闷气就伴随着流泪，这是她在寄人篱下的生存状况中唯一能够尽情地释放自己的方式，虽然这种方式在我们读者看起来，实在算不上尽情，心里闷，不还是无处倾诉吗？

宝钗没来赴约，黛玉很失落，感到闷，觉得这个等人而不至的晚上格外凄凉难耐。如果不在病中，如果天气允许，或者她可以出门，就近走走，怡红院离得不远，找宝玉说上几句话也不难，可是病和雨使得她别无选择，她只能孤零零地一个人在窗下听雨。有人说黛玉天性喜散不喜聚，她不怕孤单。真是这样的吗？不是的。关于聚和散，黛玉的道理是："人有聚就有散，聚时欢喜，到散时岂不清冷？既清冷则生伤感，所以不如倒是不聚的好。"[1]可见，她不是真喜散，这番道理只能说明她怕散，因为承受不了散的冷清，她才宁可不跟人聚。其实，父母早亡的黛玉比谁都渴望温暖。跟宝钗结成闺中好友后，她完全卸下了对宝钗的防备，打开了身上长期自我封闭自我保护的硬壳，迫不及待地向宝钗发出邀请，希望她晚上再来潇湘馆，表示我还想同你说说话。这个举动，对于黛玉来说真是破天荒啊，她什么时候这样盼着有人做伴？可是没想到，第一次敞开心扉主动亲近人，天却不遂她的愿，一场风雨浇灭了她的热情。

宝钗来不了，那宝玉呢？第三十四回宝黛二人赠帕题诗之后，他俩的感情逐渐进入了心灵相通的平稳期，不再试探，不再怄气，黛玉真的对宝玉放了心！黛玉生病，宝玉一天来好几次看她，这天白天应该也不例外，可现在，窗外风雨潇潇，料想他不会再来。所以，是在这样的前因下，渴望风雨之夜得到温暖的黛玉才会发闷，她的诗情才会被《乐府杂稿》中的《秋闺怨》和《别离怨》引发

---

[1]《红楼梦》，第363页。

秋窗风雨

出来。她不是离人，但她和离人一样孤独寂寞，她通过《秋窗风雨夕》表达自己的孤独寂寞，甚至放大了这种心境，又一次联想到自己孤苦的身世和无助的命运。第四十五回的黛玉，爱情方面压力是小了，可她的身体却日渐消瘦，命不久长的悲哀感在她心头一天比一天强烈，生命越脆弱，拥有爱情的黛玉就越痛苦，因为她深知自己把握不住这美好的爱情。

这是前因。

那么，《秋窗风雨夕》写完之后，潇湘馆里又发生了什么呢？黛玉这个晚上只能在寂寥中度过吗？书中写道："吟罢搁笔，方要安寝，丫鬟报说：'宝二爷来了。'一语未完，只见宝玉头上带着大箬笠，身上披着蓑衣。黛玉不觉笑了：'那里来的渔翁！'宝玉忙问：'今儿好些？吃了药没有？今儿一日吃了多少饭？'一面说，一面摘了笠，脱了蓑衣，忙一手举起灯来，一手遮住灯光，向黛玉脸上照了一照，觑着眼细瞧了一瞧，笑道：'今儿气色好了些。'"[1]

黛玉的诗刚写完，笔才放下，宝玉就来了，没有预约，不期而至，在黛玉孤单冷清的时候，她的宝玉顶风冒雨地出现了，多么心有灵犀啊！那一刻，黛玉心里有多感动，还用说吗？整个画

---

[1]《红楼梦》，第 530 页。

面顿时亮堂了，顷刻间从惨淡的秋切换到了明媚的春。我们品一品，她说那句"那里来的渔翁"时，语气是多么轻松宽慰，先前的"闷"一扫而去。宝玉一连串地对黛玉发问，又举灯细看黛玉的脸色，从吃药到吃饭到观察气色，语语关切，字字深情，心细如发，体贴入微。情到深处转归平淡，宝玉关心的都不是大事，可这一点一滴、琐琐碎碎中，有多少人羡慕而不得的深情、至情！

两人又聊到宝玉穿戴来的蓑衣三件套，宝玉说我也弄一套来送你，黛玉说："我不要他。戴上那个，成了画儿上画的和戏上扮的渔婆了。"[1] 刚说完，她便意识到自己口误，才把宝玉比作渔翁，现在又说自己像渔婆，渔翁对渔婆，这比方打得太直露了，黛玉羞得脸飞红，赶紧伏在桌上借咳嗽掩饰；那场景真是充满了温情！

宝玉没留心黛玉说渔翁渔婆的玩笑话，他的注意力在案上放着的《秋窗风雨夕》上。拿起来看了一遍，忍不住叫出好来，黛玉听了，忙过来夺走诗稿，向灯上烧了。宝玉笑着说："我已背熟了，烧也无碍。"[2]《秋窗风雨夕》是黛玉在精神完全放松的情况下，面对自我最真实的雨夜内心独白，她不想让宝玉知道，但是林妹妹写的诗永远是最好的，宝玉过目不忘，看一眼就够了。

---

〔1〕《红楼梦》，第 531 页。
〔2〕《红楼梦》，第 531 页。

林妹妹的孤独寂寞他怎么可能不了解，冒雨前来，为的不就是尽可能地带给她温暖吗？诗稿烧掉又何妨？

读黛玉"风雨夕闷制风雨词"这一回，总让人觉得曹雪芹写这个故事时有很强的设计感。突如其来的变天、第一次主动约人来却没能如愿、随便拿本书看拿到的正好是《乐府杂稿》，翻开看到的又正好是秋天常见的主题别离闺怨，这些情节都带有巧合性质。如果不变天，如果变天但宝钗冒雨前来，如果黛玉打发时间拿到的是另外一本书，很可能她这天晚上就不会作诗，或者即使作诗，做的也不是《秋窗风雨夕》。所以，曹雪芹可能是有意通过这些巧合，引出《秋窗风雨夕》的创作，从而反映出宝黛赠帕题诗之后，黛玉心中那些即使拥有爱情也无法减轻的苦和忧。

由此得出一个结论：《秋窗风雨夕》带有诗谶意味，它预示着黛玉短暂的生命和宝黛爱情的悲剧结局，但那是后话，在小说第四十五回这个特殊的风雨之夜，由这首诗带来的故事再次让读者看到宝玉和黛玉心灵的默契，有这份默契在，虽然窗外风雨依旧，可黛玉心里早已云开雨霁！

《葬花吟》是黛玉的春悲，《秋窗风雨夕》则是她的秋怨，这两首诗，宝玉都是第一读者。这个作诗永远输给黛玉的少年，总能读懂黛玉从心灵深处写出来的诗语，诗就是他俩对话的桥梁。

黛玉还有一首代表作，姐妹们先读完，都说好，宝玉迟到，最后一个读，薛宝琴骗他说这诗是她写的，宝玉果断否定：不，这是林妹妹的作品！姐妹们从诗里看到的是黛玉的才华，只有宝玉懂得其中的悲伤。那么这是黛玉的哪首诗呢？

桃花之歌

以哀情写丽景

《桃花行》是黛玉的又一首代表作，它延续了黛玉诗一如既往的悲伤基调。《桃花行》与《葬花吟》相比有着怎样的不同？桃花与黛玉之间又有着怎样的不解之缘？

《红楼梦》里，贾宝玉一向唯黛玉马首是瞻。第四十回贾母领着阖府女眷陪刘姥姥逛大观园时，发生了一个有趣的小插曲，就很能说明这一点。当时大伙儿一道坐船，宝玉说水面上破荷叶可恨，怎么不叫人拔了去？宝钗笑着解释，这园子近来天天有人逛，哪有叫人收拾的工夫？黛玉马上插话："我最不喜欢李义山的诗，只喜他这一句：'留得残荷听雨声'。偏你们又不留着残荷了。"[1]

桃花之歌

---

〔1〕《红楼梦》，第470页。

宝玉听了什么反应？

　　他风向立转，说："果然好句，以后咱们就别叫人拔去了。"[1]你看他变得多快，黛玉一发话，少爷脾气立刻收敛，赶紧附和加讨好，破荷叶不再可恨，一片都不拔了。其实黛玉是否真的不喜欢李义山也就是李商隐的诗，李商隐是不是真的只有这么一句"留得残荷听雨声"她看得过去，都还不一定呢！她当时很有可能只是想使使性子，在宝玉面前压倒宝钗。宝玉不傻，他当然明白黛玉那点小心思，但他奉行的是黛玉至上的原则，黛玉要留残荷，那就一定得留。在宝玉眼中，黛玉说什么都是对的，做什么都是好的，黛玉的诗永远强过别人的，怎么夸都不过分。

　　可黛玉就有一首诗，姐妹们都说好，宝玉读过之后却夸不出来，哪首诗呢？出现在小说第七十回的《桃花行》。《红楼梦》里，黛玉一共写过三首歌行体诗，前两首我们在前文中读了——《葬花吟》和《秋窗风雨夕》，第三首就是《桃花行》。在各类诗歌体裁中，七言律诗歌行最便于诗人放情长言、淋漓尽致地表达感情，《葬花吟》和《秋窗风雨夕》也的确让我们看到黛玉充分利用了歌行的这个特点，将自己与落花一体的生命悲感和内心细腻幽微的雨夜寂寞尽情抒发。这三首歌行称得上是黛玉的代表作。

―――――――――

　　〔1〕《红楼梦》，第470页。

那么，宝玉为什么不称赞《桃花行》呢？读完全诗，我们自会明白。"行"这个字表示诗歌体裁，乐府诗和歌行体经常用，比如《长歌行》《短歌行》，杜甫写过《兵车行》，白居易有著名的《琵琶行》等。《桃花行》的意思就是"桃花之歌"，那么，黛玉会在这首歌里唱些什么呢？

先把这首诗读一遍：

> 桃花帘外东风软，桃花帘内晨妆懒。
>
> 帘外桃花帘内人，人与桃花隔不远。
>
> 东风有意揭帘栊，花欲窥人帘不卷。
>
> 桃花帘外开仍旧，帘中人比桃花瘦。
>
> 花解怜人花也愁，隔帘消息风吹透。
>
> 风透湘帘花满庭，庭前春色倍伤情。
>
> 闲苔院落门空掩，斜日栏杆人自凭。
>
> 凭栏人向东风泣，茜裙偷傍桃花立。
>
> 桃花桃叶乱纷纷，花绽新红叶凝碧。
>
> 雾裹烟封一万株，烘楼照壁红模糊。
>
> 天机烧破鸳鸯锦，春酣欲醒移珊枕。
>
> 侍女金盆进水来，香泉影蘸胭脂冷。
>
> 胭脂鲜艳何相类，花之颜色人之泪；
>
> 若将人泪比桃花，泪自长流花自媚。

桃花之歌

109

泪眼观花泪易干，泪干春尽花憔悴。

憔悴花遮憔悴人，花飞人倦易黄昏。

一声杜宇春归尽，寂寞帘栊空月痕！[1]

黛玉曾经在春天为落花写过诗，这落花具体是什么花，我们不知道，因为《葬花吟》是用花来比喻人的，它歌咏的不是大自然真正的落花。《桃花行》跟《葬花吟》有相似之处，但不完全一样，当又一个春天来临时，黛玉被一株株盛开的桃花感动了，这一次，她的眼泪因桃花而流。盛开的桃花是艳丽的，洋溢着春天热烈的气息，所以《桃花行》的音调不是通篇悲伤，黛玉的生命悲感将从眼前的绚丽中来，她要先描写桃花的美，再从美中看到好景不常在、好花不常开的毁灭。根据诗情的不同，我们可以把全诗三十四句分作三个部分。

---

〔1〕《红楼梦》，第 844—845 页。

庭前春色倍伤情

　　《桃花行》第一部分描绘了一幅由帘外桃花、春风和帘内人构成的画面，这个画面很深情。黛玉是这么写的：

　　　　桃花帘外东风软，桃花帘内晨妆懒。

　　　　帘外桃花帘内人，人与桃花隔不远。

　　　　东风有意揭帘栊，花欲窥人帘不卷。

帘外竞相开放的桃花在春风中轻轻地摆动，而帘内的桃花晨起懒梳妆。帘内的桃花是什么？这是个比喻，比喻帘内的女子，所以第三四两句明确地说"帘外桃花帘内人，人与桃花隔不远"。我们可以把帘内桃花理解为就是黛玉本人。拿桃花打比方来形容女性的美貌，很常见，正所谓人面桃花相映红。小说第三十四回黛玉写题帕诗，写着写着只见腮上通红，自羡压倒桃花，因为心中情感荡漾，黛玉面若桃花甚至比桃花更美，这就是拿桃花打比方。

桃花之歌

111

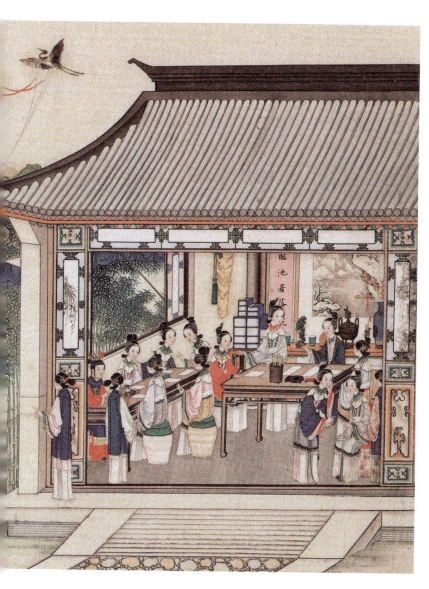

史湘云偶填柳絮词，林黛玉重建桃花社。

帘内人晨起该梳妆了，可她懒懒的没动。"晨妆懒"，这个"懒"字，不是懒惰的意思，"懒"是因为无心，没心情。那心在哪里呢？李清照说：

香冷金猊，被翻红浪，起来慵自梳头[1]

"慵"和"懒"一样，李清照也"晨妆懒"，为什么？因为她有离愁，她的心在相思里。黛玉跟李清照不一样，春天引起了她的苦闷和忧伤，《桃花行》抒发的不是思念，而是伤春，黛玉的心在伤春，所以她"晨妆懒"。

帘外桃花和帘内人隔得不远，彼此都能感受到对方。帘外桃花想偷偷看一眼帘内人，春风猜到他们的心思，殷勤地吹开了帘栊。帘栊是挂着帘子的窗户，也可以指窗帘。窗帘被春风揭开了一道缝，可桃花依然看不见帘内人，因为帘子低垂着，帘内人不愿意将它卷上去。东风有意，花欲窥人，都是拟人的写法，桃花有什么情？春风哪来的意？它们的情和意都是人的感觉啊。既然帘内人如此多情，为什么她不将绣帘卷起来，去直面美丽的桃花、拥抱温暖的春风呢？

《红楼梦》里，红楼众女儿有着象征各自特色的鲜花

[1]〔宋〕李清照：《凤凰台上忆吹箫》，《李清照词集》，上海古籍出版社2014年版，第74页。

形象。黛玉似乎与芙蓉有着不解的缘分，那么她与桃花之间的联系又是怎样体现的呢？桃花之于黛玉究竟有着怎样的重要性？为什么黛玉一定会作一首关于桃花的诗呢？

读《红楼梦》，读到第七十回的这首《桃花行》时，我的第一感觉是黛玉终于写桃花了！我知道她迟早要为桃花歌唱！为什么会有这种感觉呢？黛玉写过白海棠，写过菊花，小说第六十三回宝玉过生日，大伙儿玩占花名的游戏，黛玉抽到的花是芙蓉，大家都说这个好，除了她，别人不配做芙蓉，所以，黛玉该为芙蓉歌唱才是，为什么我觉得她迟早要写桃花呢？那天黛玉抽到的花是芙蓉，有人抽到了桃花，谁呢？袭人。怡红院的丫头里，跟黛玉要好的是晴雯，袭人通常被看成是宝钗派，跟黛玉似乎不相干，其实不然，她们的关系密切着呢。她俩同一天生日，都是二月十二花朝节，袭人姓的就是花！曹雪芹的文字不随心所欲，他每一笔都有用意。跟黛玉同一天生日的袭人抽到了桃花，这说明，桃花跟黛玉不会一点儿关系都没有。

当然这还只是暗示，或者说只是我的猜测，直接将桃花跟黛玉联系在一起的描写，书里是有的，而且非常明显。桃花是宝黛爱情最早的见证者。宝黛读《西厢记》，在哪儿读？不是怡红院，也不是潇湘馆，而是大观园沁芳闸桥边的桃花底下。那天他俩不

桃花之歌

仅偷看了禁书，还一起掩埋了从树上飘落下来的桃花。黛玉独自葬花，写《葬花吟》的那次，书里没说她葬的是什么花，只说是残花落瓣，而这一次，点明了，就是桃花。共读《西厢记》和同葬桃花对宝黛二人的情感起了重要的推动作用，从此他俩结下了跟桃花的不解之缘。

还有，小说第五十七回紫鹃谎称黛玉要回苏州原籍去，宝玉因此大病一场，这件事前文读题帕三绝句时提到过。当时紫鹃对宝玉说，一年大二年小的，不能再像小时候那样，该防嫌了，姑娘不叫我们随便和你说笑，"你近来瞧他远着你还恐远不及呢"。宝玉一听，心里像浇了盆冷水一般，"魂魄失守，心无所知，随便坐在一块山石上出神"。哪里的山石？书里接下去说小丫头雪雁回潇湘馆，扭头看见"桃花树下石上一人手托着腮颊出神，不是别人，却是宝玉"，这说得很清楚，就在桃花树下！宝玉找个地方独自伤心，随便坐在一块山石上，而那山石就在桃花树底下，这是有缘呢还是巧合？[1]

如果再往后看，第九十六回瞒消息凤姐设奇谋，瞒的是宝玉娶宝钗的消息，瞒谁呢？瞒黛玉，可是没瞒住，很快黛玉就知道了真相，谁告诉她的呢？贾母屋里的傻大姐。在哪儿告诉的

---

[1]《红楼梦》，第679页。

呢？在"沁芳桥那边山石背后，当日同宝玉葬花之处"[1]。第九十六回不是曹雪芹原笔，而且续书人把沁芳闸和沁芳桥混为一谈，但毕竟，他注意到了桃花和宝黛爱情之间的密切关系，他把黛玉得知宝玉娶亲的情节安排在沁芳桥的山石背后，也照应到了那片特殊的小桃树林。

所以，虽然黛玉是风露清愁的芙蓉，但是桃花在她的生命中也扮演了重要角色；而且桃花作为一个文学意象具有双重内涵，桃花开得早，可是花期不长，所以它既令人想到青春的喜悦，又最能体现红颜易老。这样的意象，跟黛玉又有这么密切的关系，她怎么可能不为桃花歌唱呢？《桃花行》开篇六句用桃花点题，桃花帘外东风软，可是盎然的春意并没给黛玉带来快乐，她无心晨妆，不敢正视大好春光，当娇艳的桃花绽放在风中时，她却感时伤春，幽闺自怜，把自己藏在低垂的绣帘后面。

接下来八句：

> 桃花帘外开仍旧，帘中人比桃花瘦。
>
> 花解怜人花也愁，隔帘消息风吹透。
>
> 风透湘帘花满庭，庭前春色倍伤情。
>
> 闲苔院落门空掩，斜日栏杆人自凭。

---

[1]《红楼梦》，第1165页。

所谓年年岁岁花相似，岁岁年年人不同，桃花跟往年一样，帘内人却一年比一年消瘦。桃花怜惜帘内人，为她生起了忧愁，于是春风将桃花的情意吹进了帘中。"风透湘帘花满庭，庭前春色倍伤情"，帘内人终于走了出来，她看到桃花满庭院，春光无限好，可是院里春色越浓，她便越伤感，桃花的艳丽无情地对比出人的消瘦，加倍地反衬她的孤独冷清。你看她多孤独，"闲苔院落门空掩，斜日栏杆人自凭。"黛玉住的地方除了竹子，就是苍苔，书里描写潇湘馆，要么"竹影参差，苔痕浓淡"[1]，要么"两边翠竹夹路，土地下苍苔布满"[2]，竹和苔也是这个小院的主人。人来人往的热闹场所苔是留不住的，长苔的地方冷清，可是潇湘馆里，真正冷清的是黛玉的心。她晨起懒梳妆，夕阳西下时又独自凭栏。"栏杆人自凭"的画面在古诗词尤其是词里很常见，宋代词人柳永说：

　　　争知我、倚阑干处，正恁凝愁。[3]

这个倚靠栏杆、伫立远望的特写其实是词人愁绪的外化，长久静立的身影传达的是人物内心的情感起伏。那么，桃花引起了黛玉怎样的不安情绪呢？

---

　　〔1〕《红楼梦》，第 402 页。
　　〔2〕《红楼梦》，第 463 页。
　　〔3〕〔宋〕柳永，高建中校点《八声甘州》，《乐章集》下卷，上海古籍出版社 1988 年版，第 89 页。

桃花的双重内涵

　　黛玉伤春是肯定的，庭前春色倍伤情嘛，但一定不光是伤春，还有别的情绪。宝玉读完《桃花行》后，没有称赞，他的反应是什么呢？"并不称赞，却滚下泪来"[1]。如果只是伤春，宝玉不会有这么强烈的反应，开放在小说第七十回的桃花带给黛玉的悲愁感一定比一般的伤春之情浓烈得多，那么这会是怎样的悲愁感？

　　　　宝玉为什么对着这首人人称赞的《桃花行》滚下泪来？盛开的桃花激发了黛玉怎样不安的情绪呢？整首诗的情感又有着怎样的变化呢？

桃花之歌

---

〔1〕《红楼梦》，第845页。

桃花作为文学意象，《诗经》里老早就有：

> 桃之夭夭，灼灼其华。之子于归，宜其室家。[1]

冬去春来，桃花怒放，将妩媚、妖娆、灿烂、火热的美带给人间，这家有女儿要出嫁了，她可真是嫁得其时啊！你看，桃花在文学里的出场，是带来快乐、令人喜悦的，即使是沉浸在感伤情绪中的黛玉，也无法忽略桃花的美。所以，《桃花行》的第二部分有一些描写桃花绚丽的句子：

> 凭栏人向东风泣，茜裙偷傍桃花立。
>
> 桃花桃叶乱纷纷，花绽新红叶凝碧。
>
> 雾裹烟封一万株，烘楼照壁红模糊。
>
> 天机烧破鸳鸯锦，春酣欲醒移珊枕。
>
> 侍女金盆进水来，香泉影蘸胭脂冷。

这十句中，第一句用顶针续麻法，一面结束诗歌上部分栏杆人自凭的场景，一面转入对桃花的描写。桃花的美艳是通过凭栏人的眼睛看到的，凭栏人身穿茜裙，向着春风掩面哭泣，又移步桃花林中，靠着桃树站立。茜裙就是茜纱裙、红纱裙，茜是一种草，根可以制成红色染料。桃花和桃叶在风中纷飞飘落，但是留在枝

---

[1]〔清〕阮元校刻：《周南·桃夭》，《毛诗正义》卷一，《十三经注疏》（清嘉庆刊本）（一），中华书局 2009 年版，第 587 页。

头的翠色欲滴的桃叶中，仍有红色的新蕊吐出，桃树正值花期，桃花落了还开。"雾裹烟封一万株，烘楼照壁红模糊"两句用了夸张手法，千万株桃树上鲜花绽放，蔚如云霞，远远望去，桃树就像包裹在一片红色的烟雾中似的，那火一般的明艳映红了绣楼，模糊中分不清哪儿是桃花，哪儿是楼阁。"天机烧破鸳鸯锦，春酣欲醒移珊枕"说的是桃花如此艳丽，它们该是织女用天机织出的鸳鸯云锦烧破后落入凡间的吧，那片红艳，又令人想起春天女人从酣睡中醒来后的脸庞和推在一边的红珊瑚枕头。

这几个描写桃花的句子很美，黛玉的诗风以感伤为主，主观色彩很重，这种壮观大气的描写不多见。小说第七十回引出这首诗时，曹雪芹用了侧写手法，最先露面的是湘云的丫头翠缕。湘云打发她来叫宝玉说，"请二爷快出去瞧好诗"，宝玉问哪里的好诗，翠缕回答，"姑娘们都在沁芳亭上，你去了便知"。[1]看到没有，又是沁芳！沁芳是水名，沁芳亭在沁芳桥边上，沁芳桥边有桃树，姑娘们聚在一起读黛玉的《桃花行》，再没有比这儿更合适的地方了！宝玉拿到诗稿时，这首诗已经获得了众姐妹的一致好评，她们给出好评，应该跟这个部分对桃花之美的描写大有关系。

桃花之歌

---

[1]《红楼梦》，第843页。

第二部分结束时有两句"侍女金盆进水来，香泉影蘸胭脂冷"，这是接着"春酣欲醒移珊枕"来写的，醒来后要梳妆，所以侍女用铜盆盛了清水进来，水里浸有桃花，带着清香。"影蘸"就是蘸着有影之水，蘸着浸了花瓣的水，意思就是洗脸。这不是实写，黛玉不是在写紫鹃侍候自己晨起梳洗，她的重点是后面那个"冷"字。桃之夭夭，灼灼其华，桃花的美是火热的，它怎么跟"冷"字用在一起呢？这是人的心理感受，不是桃花的温度，也不是胭脂的温度。读诗读到这种反常的地方，我们就得注意。桃花再明媚鲜艳，一个"冷"字仍然使它归结到寂寞，诗歌进入最后一部分时，令人喜悦的桃花从黛玉眼中退去，她看到了红颜易老。刚才说桃花作为文学意象具有双重内涵，诗歌写到这儿，桃花的内涵开始在转了。

最后一部分是这样写的：

> 胭脂鲜艳何相类，花之颜色人之泪；
>
> 若将人泪比桃花，泪自长流花自媚。
>
> 泪眼观花泪易干，泪干春尽花憔悴。
>
> 憔悴花遮憔悴人，花飞人倦易黄昏。
>
> 一声杜宇春归尽，寂寞帘栊空月痕！

还是顶针续麻法，从前面的"胭脂冷"往下接。胭脂的颜色殷红鲜艳，跟桃花多么相像，那是伤心女子流下的眼泪啊！据说魏文帝曹丕的后宫里有个名叫薛灵芸的女子，她入宫前辞别父母，走一路哭一路，滴进玉唾壶中的泪珠都凝成了血。所以，伤心女子的眼泪又叫作"红泪"。而且，黛玉的前身是绛珠仙子，绛珠不就是红色的泪珠吗？所以，花之颜色人之泪，泪自长流时，桃花自娇媚，一旦泪水流尽，花儿也就跟着枯萎了！桃树底下，憔悴花对憔悴人，花飞，人倦，黄昏来临，春天在杜鹃的叫声中归去，只有月光冷冷的影痕残留在寂寞低垂的窗帘上。满眼春色，红桃多姿，黛玉却再次陷入她在《葬花吟》里感花伤己的情绪，她过滤了所有的暖色调，只留下惨淡的冷和寂寞，那是生命结束的色彩。很多学者说《桃花行》跟《葬花吟》一样具有诗谶意味，黛玉借这首桃花诗对自己的结局作了象征性的预写，的确是。

诗歌写到这儿就结束了，这个部分，桃花从象征着出嫁女的喜悦之花变成了比喻红颜薄命的悲情之花，桃花和人不再是"人面桃花相映红"，而是"花之颜色人之泪"。盛开的桃花何止令黛玉伤春？黛玉并不流连于桃花的美丽，这个美让她忧伤，她从桃花耀眼的红色中看到的是带血的眼泪，是即将到来的枯萎，是花飞人倦春归去，是美的瞬间终结。宝玉读黛玉的诗，一般不出两种反应，要么毫不犹豫地夸，要么不由自主地哭，他是能跟黛玉共情的。这首诗写到最后，花飞人倦春归去，宝玉读完一定会流泪。他不相信《桃花行》出自薛宝琴之手，因为只有林妹妹，

桃花之歌

才是"曾经离丧，作此哀音"[1]的人；只有经历过亲人离丧而且自己常年生病的林妹妹，才会从盛开的鲜花联想到凋残，觉得死亡触手可及，并用诗的方式凄美地表达死亡。

我们前文读过的《葬花吟》，开篇就是花谢花飞，人即落花，落花即人，全诗的情感落差不太大；而《桃花行》有将近一半的篇幅描写桃花的深情和艳丽，人的悲愁感是一步一步增强的，直到最后春残花谢，人和花都归于憔悴，呼应着《葬花吟》的"一朝春尽红颜老，花落人亡两不知"。这两首歌行写法不一样，但是殊途同归。那么问题就来了：既然殊途同归，主题一致，无论是四下飘飞的落花还是枝头绚丽的鲜花，都令黛玉顾花自怜而想到死亡，为什么曹雪芹要在《葬花吟》之后，让黛玉再写这么一首《桃花行》呢？《桃花行》在第七十回一出现就是定稿，写作原因书中只字未提。那么，我们能试着猜猜曹雪芹的意图吗？

---

〔1〕《红楼梦》，第845页。

黛玉咏桃花的两个原因

《桃花行》与《葬花吟》有着异曲同工之妙，同样是咏花，同样是伤春，可黛玉这一次的情感产生了变化。黛玉究竟经历了什么，使得她的心境产生了变化？

我试着从以下两个方面进行猜测：

第一，贾府大厦将倾，个人爱情无果，黛玉写《桃花行》，有这两个原因足够。小说还没写到第七十回，贾府走下坡路的迹象就已经非常明显了，黛玉寄人篱下，现在连寄居的大厦都不稳当了，敏感的她会无动于衷吗？第五十四回贾府过元宵节，凤姐讲笑话，说一家子也是过正月半，赏灯吃酒，热闹非常，她编了一大串的子子孙孙，像绕口令一样，就是不进入正题。众人催她往下说，贾母问底下怎么样了，凤姐笑道："底下就团团的坐了

桃花之歌

125

一屋子，吃了一夜酒就散了。"大伙儿被她说愣了，这算什么笑话？冰冷无味。于是凤姐又说了一个，还是过正月半，几个人抬着房子大的炮仗去城外放，引得上万人跟着看热闹，有个人性急，偷着拿香提前点着了，"只听'噗哧'一声，众人哄然一笑都散了"。凤姐两句话，两次说到"散了"，虽然是过节当笑话说的，众人听完也大笑，但是笑过之后呢？书里没说，可黛玉一旦事后回味这两个"散了"，还可能当笑话看吗？她心里一点阴影都没有吗？真这么粗枝大叶，黛玉就不是黛玉了。[1]

有人说，黛玉是活在诗里的，她怎么可能留心贾府败不败这样的俗务？这个看法我不认同。探春在大观园兴利除弊，黛玉一旁看着，很是赞赏。第六十二回她跟宝玉讨论，说："要这样才好，咱们家里也太花费了。我虽不管事，心里每常闲了，替你们一算计，出的多进的少，如今若不省俭，必致后手不接。"[2]你看黛玉是不留心俗务吗？明显不是，她的特点是留心俗务，但不屑于做俗务。我相信凤姐节日里一次又一次说"散了"，黛玉不可能置若罔闻，心里一点儿触动都没有。

这是大环境，黛玉自己的小世界呢，更不如意。她是为爱活着的，宝玉的爱情她已经拥有了，可这爱情没法公开。第二十五回，

---

〔1〕《红楼梦》，第 649—650 页。
〔2〕《红楼梦》，第 747 页。

大伙儿聊暹罗进贡的茶叶，黛玉说吃着好，凤姐打趣她："你既吃了我们家的茶，怎么还不给我们家作媳妇？"[1]盼着宝黛好上一辈子的读者读到这句话时都很开心。可是到了元宵节讲笑话这一回，凤姐的话变味儿了。宝玉在席上给大家斟酒，大家都干了，斟到黛玉这儿，她不喝，拿起杯来，放在宝玉唇边，宝玉一气饮干。凤姐冷眼旁观，说了一句："宝玉，别喝冷酒，仔细手颤，明儿写不得字，拉不得弓。"[2]宝玉回答："没有吃冷酒。"[3]凤姐说："我知道没有，不过白嘱咐你。"[4]听出弦外之音来了吗？元宵节家宴上喝的酒都是温过的，宝玉给大家斟酒前要的就是一壶暖酒，哪来冷酒？这分明是凤姐在宝玉婚事问题上见风使舵，先前打趣黛玉吃茶是一种态度，现在见宝黛在人前亲密不避嫌疑，便无端地提醒宝玉不要吃冷酒，这是另一种态度，其中的反常之处，难道黛玉领会不到？虽然小说没给读者提供答案，可我确信黛玉对自己爱情的渺茫结局，是越往后看得越清楚的。桃花是宝黛情感的见证者，是时候写一首跟桃花有关的诗了。这是第一个推测。

第二，《桃花行》在第七十回里出现，是为重兴大观园诗社服务的。我们知道，黛玉痴迷于跟自己的心灵对话，《葬花吟》、

---

〔1〕《红楼梦》，第297页。
〔2〕《红楼梦》，第643页。
〔3〕《红楼梦》，第643页。
〔4〕《红楼梦》，第643页。

题帕三绝句、《秋窗风雨夕》都是写给自己看的，向往"一抔净土掩风流"的黛玉从不期待她的诗歌有读者。可《桃花行》是个例外，有没有觉得这首诗被推出来时有点大张旗鼓的味道？湘云的丫头翠缕请宝玉去瞧好诗，宝玉忙梳洗好出来，书里接下去写道：果见黛玉、宝钗、湘云、宝琴、探春都在那里，手里拿着一篇诗看。见他来时，都笑说："这会子还不起来，咱们的诗社散了一年，也没有人作兴。如今正是初春时节，万物更新，正该鼓舞另立起来才好。"湘云笑道："一起诗社时是秋天，就不应发达。如今恰好万物逢春，皆主生盛。况这首桃花诗又好，就把海棠社改作桃花社。"宝玉听着，点头说："很好。"[1]

这里曹雪芹说得很明白，《桃花行》是作为大观园重兴诗社的开锣之作出现的，上面这段话里摆出的理由很充分，海棠社更名为桃花社，后文交代，黛玉还因此成为桃花社主。也就是说，小说第七十回，在贾家大厦摇摇欲坠的时候，《桃花行》的创作引发了姐妹们重兴诗社的兴致，这是她们在曲终人散大幕落下之前能做的最后一点努力，可叹夕阳晚景！桃花社建而不兴，只有过一次填词小聚，作品不算多，将完未完之时，还被一个突然掉下来的大风筝给打断了，新诗社第一次也是最后一次聚会落了个草草收场。宝玉说《桃花行》是"曾经离丧"的林妹妹作的哀音，用哀音来重兴诗社，说明红楼群芳努力想挽回的这一脉风流只能任凭雨打风吹去了！

　　诗社的故事，我们以后再详细说。行文至此，我们读过的黛玉的诗歌感伤色彩都很重，而且，黛玉歌咏的对象以物为主，落花也好，桃花也好，都是物，我们还没读到她写人的诗篇。那么，如果黛玉写人，怎样的人可能出现在她的笔下呢？接下来，我们来读读她为古代美女写的诗。

桃花之歌

黛玉吟美

别开生面咏五美

说起黛玉的诗，人们首先映入脑海的，一定是感伤的《葬花吟》，然而在《五美吟》中，却风格大变。她一改《葬花吟》的自叹自伤风格，转为豪迈吟咏，讴歌历史和传说中的五位奇女子。一向柔弱、多愁善感的黛玉，在《五美吟》中似乎多了一分坚定和勇敢。黛玉究竟有感于哪五位奇女子而吟出了这组荡气回肠的《五美吟》？通过这组诗，我们又能体察到黛玉怎样的内心世界呢？

前文我们陆续读了几首黛玉的诗，这些诗在写法上基本一致，感伤色彩很重，而且黛玉歌咏的主要是物，落花、桃花都是物。所以，当她有一天创作出一组不一样的绝句，改咏物为咏史，风格突变，就应该引起读者的注意。在这组特别的绝句里，黛玉不

黛玉吟美

再描写自己的生命悲歌，而是从自身命运跳出去，将关注点转向历史和传说中的几位女性，带着批判的眼光，展现她对这些女性情感、命运、结局的思考。那么，什么时候这位笔下字字泣血的少女显露出了她冷静客观的一面呢？小说第六十四回。

这一回曹雪芹主要写了两件事，一件是黛玉悲题《五美吟》，另一件是贾琏把一块汉玉九龙珮作为定情物给了尤二姐，从而开启红楼二尤的故事。《五美吟》就是刚才提到的那组绝句，一共五首，分咏西施、虞姬、明妃、绿珠和红拂五位女性。这五美，有的在历史上真实存在过，有的虽然存在过但是附着在她身上的故事很可能是人们杜撰出来的传说，还有的，则是文学作品中虚构出来的人物，历史上不曾有过。她们各有各的遭遇，除了都是绝色女子外，其他共同点很少，而正因为共同点少，我们才能从黛玉对她们的吟咏中，看到她丰富的思想。那么，黛玉把这五位背景完全不同的女性集合在一组诗里，她想表达什么呢？这是读这组绝句要解决的第一个问题。第二个问题：《五美吟》是具有预言性、暗示性的诗谶吗？我们该不该将黛玉的爱情命运代入五美的故事？

黛玉通过《五美吟》表达什么

先解决第一个问题。

《五美吟》的第一首《西施》是这样写的：

> 一代倾城逐浪花，吴宫空自忆儿家。
>
> 效颦莫笑东村女，头白溪边尚浣纱。[1]

传说中的西施是春秋末期越国的美女，越王勾践使美人计，把她献给了吴王夫差。美人计施展得很成功，勾践抓住时机兴兵伐吴，吴国大败。完成使命后的西施结局不明，流行的说法有两种，一种是她跟从前的意中人范蠡双双归隐，泛舟五湖，另一种是她被沉水而死，两种说法一喜一悲，黛玉采纳了后者。我们说古代四大美女也好，十大美女也好，西施都稳居第一位，可是这样一位倾城绝世又建有功勋的美女在黛玉看来，不过是逐浪而去，

黛
玉
吟
美

落了个悲惨下场。当年西施得到吴王的千般宠爱，荣华加身，然而这是她心甘情愿选择的人生吗？未必啊，否则她怎么会"吴宫空自忆儿家"呢？家在远方回不去，深居吴宫的西施只能徒劳地一遍遍在脑海里回忆家乡、思念亲人。"效颦莫笑东村女"，"颦"就是皱眉。西子捧心的故事我们都听过，西施总犯心痛病，她用手捧心的同时皱着眉头的神情楚楚动人。东村有位长相丑陋的女子见西施这样好看，就模仿她捧心皱眉，结果丑上加丑，闹了个东施效颦的千年笑话。可是黛玉说：如今看来，还是别笑话她吧，人家平安长寿，能在溪边无忧无虑地洗纱到白头，而西施呢，虽然荣宠一时，最后却因美得祸，死于非命。东施西施到底谁比谁有福气、谁比谁值得羡慕呢？

五美中，黛玉把西施放在头一个写，为什么？因为她的年代最早吗？有这方面的考虑，五美从年代上看，确实是先后依次排列，始于春秋，终于唐代，但是西施排在首位，可能不光是年代上的考虑，还因为黛玉跟西施关系密切。熟悉小说的读者都知道，黛玉除了本名之外，还有一字一号，字是"颦颦"，号是"潇湘妃子"。宝玉第一次跟黛玉见面，从他眼中看来，黛玉长着"两弯似蹙非蹙罥烟眉，一双似泣非泣含露目"[1]，她的眼睛水汪汪的，似

---

〔1〕《红楼梦》，第42页。

乎含着盈盈清露，像在哭，又不像在哭；她的眉毛修长淡扫，如同轻烟飘在额间，眉头似蹙非蹙，似皱非皱，她含着忧带着愁吗？像是，又不像，于是宝玉想到了"颦"。他说妹妹有名无字，我送你一个吧，"颦颦"最妙，没有比它更合适的了。刚才提到，"颦"是西施特有的表情，曹雪芹写宝玉送字给黛玉这个情节，目的就是为了暗示读者要注意黛玉跟西施之间的关系。宝玉眼中的黛玉"病如西子胜三分"，贾府的小厮背地里叫黛玉"多病西施"；第七十四回，王善保家的说晴雯天天打扮得像个西施，而晴雯的眉眼刚好跟黛玉有几分相像；书中明里暗里将黛玉跟西施联系在一起的描写还不止这些。所以，黛玉吟美，头一个写西施，不仅因为西施的年代比虞姬、明妃等人早，也因为她身上有西施的影子，她不光病如西子胜三分，而且跟西施一样背井离乡。

那么，黛玉想通过西施的故事说明什么呢？一边是貌美而身不由己，最后流落他乡不得善终的西施，一边是貌丑却生活自由，得以终老林泉白头有寿的东施，两种人生，黛玉倾向哪一种？这首诗的前两句黛玉为西施深感不值，后两句则是重点所在，"效颦莫笑东村女，头白溪边尚浣纱"，这里面有黛玉对女性尤其是对她自己生存意义的思考，她倾向于哪种人生，后两句诗已经明确告诉我们了。在黛玉看来，西施和东施，不是美与丑的对立，而是谁更能自由地活着、谁更能把握住生命本真的区别。西施本

黛玉吟美

来可以跟东施一样，无忧无虑地在溪边浣纱到白头，可是她主宰不了自己的命运，只能被人牵着走，而黛玉的身世处境，本质上跟西施一样。她寄人篱下，无家可归，虽然有外祖母的宠爱，但她牢牢记得自己并非贾家的正经主子，表面上的富足享乐有多大意义呢？探春曾经说过："我说倒不如小人家人少，虽然寒素些，倒是欢天喜地，大家快乐。我们这样人家人多，外头看着我们不知千金万金小姐，何等快乐，殊不知我们这里说不出来的烦难，更利害。"[1]这应该也是黛玉心里的话吧，事实上，她的处境还不如庶出的探春。如果林家还在，即使是小门小户，寒素简陋，带给黛玉的温暖也一定比贾府多，可是林家已经没人了，即使有，也都在极远处，早就断了音信。所以，就算黛玉替西施惋惜，羡慕东施无灾无难的平凡人生，也只能是羡慕，天尽头，何处有香丘，没有烦恼没有忧愁的香丘，黛玉只能在诗里寻求。

对于西施，黛玉充满了怜悯与同情，为了复国，她寄人篱下，忍辱负重，到头来，却仍逃不过命运的悲剧，这让黛玉感到心寒。贾府的"风霜刀剑"早已使她感到窒息，爱情的折磨更使本已纤弱的她身心俱伤，想要实

---

[1]《红楼梦》，第865页。

现如东施般自由生活的愿望，又谈何容易呢？那么，接下来在《五美吟》中，面对自刎的虞姬和出塞的昭君，黛玉又发出了怎样的感慨？

再看《五美吟》的第二首《虞姬》：

　　　肠断乌骓夜啸风，虞兮幽恨对重瞳。

　　　黥彭甘受他年醢，饮剑何如楚帐中。[1]

　　虞姬是楚汉战争时期项羽身边的爱姬。项羽在垓下被围，夜闻汉军四面楚歌声，知道自己大势已去，无力回天，于是慷慨悲歌，唱道：

　　　力拔山兮气盖世，时不利兮骓不逝。

　　　骓不逝兮可奈何，虞兮虞兮奈若何！[2]

虞姬流着泪和歌一首：

　　　汉兵已略地，四方楚歌声。

　　　大王意气尽，贱妾何聊生。[3]

和完，拔剑自刎，这就是"肠断乌骓夜啸风，虞兮幽恨对重瞳"。"骓"是项羽的骏马，"重瞳"指眼中有两个瞳孔，这说的是项

黛玉吟美

---

　　〔1〕《红楼梦》，第778页。

　　〔2〕〔汉〕司马迁：《史记》卷七《项羽本纪》，中华书局1959年版，第333页。

　　〔3〕〔唐〕张守节：《史记正义》引自《楚汉春秋》，《史记》卷七《项羽本纪》，中华书局1959年版，第334页。

羽，《史记》记载项羽有重瞳。虞姬的故事真假参半，她是否唱了回答项羽的和歌值得怀疑，她自刎身亡，跟项羽上演霸王别姬，也可能只是一则感天动地的传说，但是黛玉相信虞姬的结局就是自杀。"大王意气尽，贱妾何聊生"，大王的霸业气象黯然，到了尽头，我独自一人苟活有什么意义？这是虞姬为她对项羽的爱发出的宣言，黛玉钦佩这样的宣言。

"黥彭甘受他年醢，饮剑何如楚帐中。""黥彭"指的是黥布和彭越，他俩宁愿日后死在刘邦手里也要投靠他，还不如虞姬在楚霸王的军帐中自我了结呢。黥布和彭越都是汉初名将，楚汉战争中帮助刘邦对抗项羽有功，但后来都因为谋反罪被刘邦杀了，彭越甚至惨遭醢刑，被剁成了肉酱。都是死，黥彭二人和虞姬，谁比谁死得更有意义？虞姬知道一旦项羽战死疆场，她一个弱女子，处境必然祸福难料，所以，宁为玉碎，不为瓦全，她选择为爱而死，为捍卫自己的尊严而死，不求任何退路，质本洁来还洁去，强于污淖陷渠沟。而黔彭二人选择刘邦，到底没能保全性命，他俩对自己生命价值的认识，跟虞姬相比，高下立判。黛玉曾经吟出过"尔今死去侬收葬，未卜侬身何日丧"的句子，到了写这首《虞姬》时，我们发现她对死亡的认识超越了葬花时感伤悲歌的层面，而进入到对"饮剑楚帐"的高度歌颂！在即将到来的屈辱面前毅然引刀自刎，让生命之花在凋零之前有尊严地绽放，这才是对生命真正的爱惜！咏《西施》的时候，黛玉思考的是怎样活着才有意义，写到这首《虞姬》时，她换了个角度，讨论怎样的死亡才有价值。

《五美吟》之三是《明妃》，写的是汉元帝时期出塞和亲的王昭君，诗歌写道：

> 绝艳惊人出汉宫，红颜命薄古今同。
>
> 君王纵使轻颜色，予夺权何畀画工？[1]

明妃就是王昭君，晋朝人避司马昭的名讳，改称她为明君，后世又称明妃。据说汉元帝后宫女人很多，他见不过来，就让画工给女人们画像，见谁不见谁，画像说了算，于是女人们争相贿赂画工，希望自己被画得好看些。王昭君也在元帝的后宫里，但她不愿意行贿，所以画工给她画像时，下笔就不客气。因此，昭君进宫多年，没受到过元帝的召见，直到被指派去匈奴和亲时，汉元帝才见到了她的真面目。那可是后宫第一美女啊，而且，昭君不仅貌美，举止应对也属一流。汉元帝后悔莫及，一怒之下把宫里的画工都杀了，可杀画工管什么用呢？为了不失信于匈奴，昭君还是得按计划出塞和亲去。黛玉在诗里说明妃远嫁匈奴，离开汉宫时，她惊人的美貌震撼了汉元帝和满朝文武，可是红颜薄

---

〔1〕《红楼梦》，第 778 页。

命哪个朝代都不例外，即使汉元帝目睹了昭君的美貌和聪慧，事态也已无法挽回，昭君一生依然不得不在遥远的他乡寂寞度过。

昭君的故事跟虞姬的一样，也是半真半假，她在后宫长期不受重视，直到和亲前，汉元帝才发现她的容貌足以令六宫粉黛无颜色，这是史料明确记载了的，但因为不肯行贿，画工故意把她画丑，致使她没机会见到元帝就不一定是事实，可是黛玉相信这就是昭君的命运。她在诗中指责汉元帝，"君王纵使轻颜色，予夺权何畀画工？"就算元帝你不把女子的命运当回事，当年也该亲眼见见她们吧，怎么能把美丑取舍的决定权交给那帮画工呢？"畀"是给予的意思。作为九五之尊，汉元帝要保护一个女子易如反掌，你怎么能轻易地任凭美好的事物断送在画工之类的宵小手中，眼睁睁地看着昭君一步步地走向红颜福薄的宿命呢？

读黛玉这首《明妃》，我总是想起一位朋友问我的话。他说不用怀疑，贾宝玉绝对是暖男，可这位暖男的爱有多大力量？作为大观园的护花使者，他有多大的能力去惜花、护花？这个问题三言两语说不清，可以肯定的是，这种认识是对宝玉的误解。但是我也承认，至少从书里写到的情节看，宝玉心藏深爱，可他的能量很低很低。他没有力量保护被王夫人打了一巴掌撵出去的金钏儿，没有力量在忠顺王面前守住蒋玉菡的秘密，司棋、晴雯被赶出大观园时，他束手无策。《红楼梦》是一部未完之作，但是宝黛爱情没有结果是肯定的，黛玉因此失去了生命是肯定的，而宝玉，没能为他们的木石前盟做过努力也是肯定的。他只会说："你死了，我做和尚！"[1]誓言固然感人，可是在风刀霜剑面前，它虚弱无力。当然，宝玉和汉元帝没有任何可比性，他下凡为人，就是为了见证美好被毁灭，他不是拯救苦难的英雄；而黛玉之于宝玉跟昭君之于元帝，也完全不能同日而语，她俩的共同点只有一个："红颜命薄古今同。"我想黛玉为昭君写下这个句子时，她自己内心也是无限伤感无限幽怨的，在这个难以摆脱的魔咒和宿命面前，除了一声长叹，还能怎样呢？

　　黛玉赞美虞姬的有情有义，死得其所，死得其时；更为昭君敢于挺身而出、只身出塞的勇气所震撼。感情的波涛强烈地拍打着黛玉的心扉，茫茫大地，悠悠青史，这一刻都凝集在她的心头。《五美吟》体现了黛玉怎样的爱情观？让黛玉钦佩和美慕的"女丈夫"又是谁呢？素来纤弱多愁的她又将发出怎样的豪情讴歌？

我们再看《五美吟》之四《绿珠》：

---

〔1〕《红楼梦》，第354页。

瓦砾明珠一例抛，何曾石尉重娇娆。

都缘顽福前生造，更有同归慰寂寥。[1]

绿珠是石崇的侍妾，美艳无比，笛子吹得好；石崇是西晋的官员，能写诗，很富有，对绿珠很宠爱。赵王司马伦专权时，他的亲信孙秀向石崇索要绿珠，遭到拒绝，于是孙秀找了个机会，假传圣旨来抓捕石崇。当兵士将石崇的金谷别馆团团围住时，他对绿珠说："我今为尔得罪。"[2]我今天获罪，都是因为你呀！绿珠流泪回答："当效死于官前。"[3]意思是我会舍命报答你的恩情。说完，她从楼上一跃而下，坠地身亡。这是绿珠的故事，这个故事《晋书》里有记载，不是传说。绿珠的故事涉及真爱难得或者什么是真爱的问题，这个问题比西施和虞姬的故事距离黛玉更近，更容易引发她的思考。

"瓦砾明珠一例抛"，明珠和瓦砾一起抛弃，明珠就是绿珠，谁是瓦砾呢？石崇。如果石崇真爱绿珠，那么他把绿珠视为祸水红颜，说出"我今为尔得罪"的话来，就已经不能原谅，何况这个故事还没完。绿珠跳楼自杀后，石崇竟然以为自己就没事儿了，他厚颜无耻地说："吾不过流徙交、广耳。"[4]绿珠已死，我

〔1〕《红楼梦》，第778页。
〔2〕〔唐〕房玄龄等撰：《晋书》卷三三《石崇传》，中华书局1974年版，第1008页。
〔3〕〔唐〕房玄龄等撰：《晋书》卷三三《石崇传》，中华书局1974年版，第1008页。
〔4〕〔唐〕房玄龄等撰：《晋书》卷三三《石崇传》，中华书局1974年版，第1008页。

这条命算是保住了，大不了流放到南方去呗。当时绿珠亡魂不远，听到石崇这句话，不知道她作何感想？在黛玉看来，绿珠感念石崇的恩宠，为这种瓦砾一般的人付出生命，何其不幸！说到底，"何曾石尉重娇娆"，"石尉"就是石崇，石崇其实从来就没真正看重过绿珠。他后来还是被孙秀杀了，令人啼笑皆非的是，他死之后，九泉之下照样能得到绿珠的相守相伴，同归慰寂寥，不用担心孤独寂寞。黛玉痛惜绿珠，可痛惜之余，她无法解释绿珠跟石崇同归黄泉的结局，只能把原因归结为"都缘顽福前生造"，石崇有这样的福气，是因为祖先积了阴德吧。若非先人积德，以他对绿珠的轻视，怎么可能两人同归慰寂寥呢？

《五美吟》的最后一首是《红拂》：

> 长揖雄谈态自殊，美人具眼识穷途。
>
> 尸居馀气杨公幕，岂得羁縻女丈夫。[1]

红拂是唐代传奇作品《虬髯客传》的女主人公，故事开始时，她是隋朝执政大臣杨素的家妓。卫国公李靖当时还是个普通百姓，他登门拜见杨素，在杨素面前纵论天下形势，雄辩滔滔，不卑不亢。红拂被李靖的风采倾倒，她慧眼识英雄，断定李靖将来必有作为，于是连夜逃离杨府，投奔李靖，后来她协助李靖辅佐李世民成就

黛玉吟美

---

[1]《红楼梦》，第779页。

了大业，功名加身。红拂夜奔不是史实，李靖确有其人，但红拂只存在于野史中，可是这个没有史实依据的传奇故事，却寄托了黛玉对爱情自由、婚姻自择、命运自主的全部期望。她在诗中说，杨素虽然位高权重，但已老朽不堪，"岂得羁縻女丈夫"。"羁縻"就是束缚、控制，暮气沉沉的杨素哪里留得住有远见卓识、敢作敢为的女中豪杰红拂呢？红拂敢于打破沉闷的现状，勇于挑战未知的将来，自己决定自己的爱情、婚姻和命运。不难看出，在黛玉吟美的五首绝句中，这首《红拂》的情感是最热烈的，诗行间洋溢着黛玉的赞颂和追慕之情，在红拂夜奔面前，连虞姬悲壮的饮剑楚帐也似乎矮了一截。黛玉眼里的红拂是女丈夫，她对红拂精彩传奇的人生充满了敬佩和向往，虞姬能做到的，相信黛玉也能，但是红拂能做到的，黛玉却做不到，她只能紧抱着一个态度，那就是：我虽不能至，然心向往之。

借他人酒杯浇自己块垒

    《五美吟》都不长，但每一首都体现了黛玉对女性情感命运的思考，我们第一次发现总是哭得梨花一枝春带雨的黛玉，原来也有如此冷静、如此理性的一面。她通过《五美吟》思考怎样活着才有意义，怎样的生命才有价值，怎样的爱才是真爱，与其悲叹红颜薄命，不如抓住哪怕只有一线的希望，摆脱羁縻，逃出生天，自己主宰自己的命运。一组《五美吟》，表面看是黛玉吟美，其实是黛玉借着五美各不相同的故事，展示她自己多层次的内心世界，她在审视五美人生的同时，也审视自己的人生。

    西施虽"一代倾城"，却成为权势的附庸品，最后逐沉浪花。虞姬虽获项羽之爱，最后却只能"饮剑楚帐"，结束美好的爱情。昭君"绝艳惊人"，不肯为权势低头，最终远嫁他乡，"红颜命薄"。绿珠虽有倾国姿色，却枉为一个不值得自己爱的男人牺牲自己。红拂虽身份低微，却能不拘于世俗，慧眼识英雄，追逐自己的梦想。黛玉在审视五美人生的同时，也在审视着自己的人生。那么，从西施、虞姬、明妃、绿珠、红拂的身上，黛玉是否也预感到了自己的不幸呢？

读这五首诗，我们很容易进入一种阅读模式。《红楼梦》里的诗很多具有谶语功能，因此，《五美吟》读着读着，我们很容易将黛玉等同于五美，将黛玉自己的爱情命运代入五美的故事中。所以，接下来我们讨论第二个问题：《五美吟》是诗谶吗？用代入法读《五美吟》，合适吗？

黛玉这五首绝句，是在仪式感特别强的情况下写的。如果要比较，她写的那三首代表作《葬花吟》《秋窗风雨夕》《桃花行》时，还真没有一首像《五美吟》这样郑重其事。为什么写这组绝句？她对宝玉、宝钗是这么说的："我曾见古史中有才色的女子，终身遭际令人可欣可羡可悲可叹者甚多。今日饭后无事，因欲择出数人，胡乱凑几首诗以寄感慨，……才将做了五首，一时困倦起来，撂在那里。"[1]这话说得轻描淡写，什么饭后无事、胡乱凑几

---

[1]《红楼梦》，第 777 页。

首、困倦起来撂在那里，都是黛玉打出的幌子。真实的情况是她从古史中很用心地挑选出了五位有才色的女子，她们的遭际可钦、可羡、可悲、可叹；光钦羡悲叹不够，黛玉还要郑重地把她们的可钦之处、可羡之处、可悲之处、可叹之处一一写进诗里；写进诗里还不够，她还要深情恭敬地祭奠她们。

当然，这些心思和行为，黛玉不想让人知道，所以略去不提，但宝玉还是提前知道了。他一路往潇湘馆来看黛玉，在沁芳桥上遇到雪雁，见她领着两个婆子，手里都拿着菱藕瓜果之类，觉得奇怪，黛玉从来不吃生冷东西的，要瓜果何用？雪雁告诉宝玉："今日饭后，……又不知想起了甚么来，自己伤感了一回，提笔写了好些，不知是诗是词。叫我传瓜果去时，又听叫紫鹃将屋内摆着的小琴桌上的陈设搬下来，将桌子挪在外间当地，又叫将那龙文鼎放在桌上，等瓜果来时听用。"[1]挪桌子、备龙文鼎点香、传瓜果等，都是祭奠的前奏，可这一天并非黛玉父母的忌日，她要祭谁呢？等宝玉读过《五美吟》后就会明白，黛玉要祭的是五美。

这么认真当回事地又写诗又祭奠，可见五美的经历命运对黛玉触动很大。所谓诗言志，诗人可以通过写诗来抒发自己的情怀志向，即使诗里写的不是自己，关系也不大，有句话叫作借他人

〔1〕《红楼梦》，第 774—775 页。

黛玉吟美

浪荡子情遗九龙珮，幽淑女悲题《五美吟》。

酒杯，浇自己块垒，黛玉完全可以借五美的故事寄托自己的情感，我们刚才也逐一分析了黛玉通过《五美吟》流露出的遗憾、赞颂、叹惜、钦慕之情以及她的思考，虞姬可钦，红拂可羡，西施明妃可悲，绿珠可叹。有人说，五美集合起来就是黛玉本人，她祭奠五美就是提前祭奠自己，这个看法我不认同，黛玉再怎么跟五美的命运感同身受，再怎么自比五美，也只是借他人酒杯，浇自己块垒，借他人酒杯，抒发自己的愁，我认为《五美吟》不是预言黛玉命运结局的诗谶。

所以，我们读这五首诗时，最好不要将黛玉的情感和人生代入五美故事。虽然黛玉早就打定主意要寻找自己的香丘，质本洁来还洁去，但她不可能经历西施或者虞姬的遭遇，眼泪流尽，她的生命自然到了尽头，她无须直面生死抉择。黛玉跟明妃也不同，如果被选去和亲，红楼姐妹中最有可能的是探春而非黛玉。至于绿珠，"何曾石尉重娇娆"，石崇并不真爱绿珠，而宝玉给了黛玉世间难得的知己之情灵魂之爱，黛玉拥有真爱，她跟绿珠的距离更明显。那么，红拂呢？

同样，黛玉也不会是红拂。尽管我们知道她曾经高唱"愿奴胁下生双翼，随花飞到天尽头"，她和宝玉一起偷看禁书，在追求爱情时表现出对封建礼教的叛逆，但是，她对自由的向往仍然仅限于精神层面。红拂成功地夜奔，而曹雪芹不会依葫芦画瓢地写一出黛玉夜奔，就像宝玉赠帕传情，可那两条丝帕并不是他和黛玉私定终生的信物，曹雪芹笔下没有滥俗的私情故事。退一步讲，即使黛玉夜奔，她要奔的也是宝玉，黛玉宝玉跟红拂李靖怎么相提并论呢？红拂能赤手空拳闯出自己的新生来，弱柳扶风的黛玉可能吗？所以，不要直接代入，黛玉不是能够挣脱贾府羁縻的女丈夫，尽管她向往成为红拂，追求跟红拂一样的精神高度，但她终究不是红拂。

《五美吟》为读者展示了不一样的林黛玉，这首诗跟《葬花吟》《桃花行》一样，都是自发创作，黛玉还有一些诗是在诗社里跟姐妹们一起写的，属于命题作文，那么，在那种带有比赛性质的集体创作活动中，黛玉又会怎么表现她的诗才呢？

黛玉吟美

咏菊夺魁

诗社里的风采

在中国的传统文化中，菊花是人们对抗现实俗世的一个重要象征。《红楼梦》里海棠诗社的一场咏菊诗会中，黛玉正是通过《问菊》，道出了自己的孤高傲世。父母相继早逝的悲哀，寄人篱下的凄凉，是林黛玉最为隐痛的心结。那么，曹雪芹为什么要在《红楼梦》里安排一场黛玉夺魁的咏菊诗会？透过黛玉在诗社的表现，我们能看到一个怎样不同的她呢？

咏菊夺魁

林黛玉是大观园里最出色的诗人，可是海棠诗社首次聚会，姐妹们第一次较量诗艺，她却输给了宝钗。那次是命题作诗，同一个题目，大家各作各的，最后比出名次高低。所命的题是咏白海棠，比赛结果是宝钗第一，黛玉第二。没能首聚夺魁，这是怎么回事呢？我们先来说说这件事儿，因为有宝钗的咏白海棠得冠在先，才有后来黛玉的咏菊夺魁。

咏白海棠在小说第三十七回，那天参与写诗的共四位，分别是黛玉、宝钗、探春和宝玉，大家约好作七言律诗。黛玉想不想在评比中得第一呢？不用说，很想。在大观园里，论身世，黛玉过于自卑；可要是比才华，她绝对自信甚至于自负。红楼群芳起诗社不光为了作诗娱乐，更为了一较水平高下，在诗歌比赛中获得乐趣。心性高、写诗又是强项的黛玉很愿意参加这样的活动，诗社聚会她一场都没落下过，从头到尾，有始有终，很是积极。

四个人咏白海棠，交出四份诗稿，由诗社社长李纨品评优劣，最后评出宝钗第一，黛玉第二，探春第三，宝玉压尾。宝玉一向佩服姐妹们的才华，排名最末无所谓，没意见，但他为黛玉鸣不平，潇湘妃子的诗在他眼里永远强过蘅芜君的，他要求李纨再斟酌斟酌。可是李纨拿出了社长的权威，这事儿我做主了，"再有多说者必罚"[1]，宝玉只好不情愿地罢休。蘅芜君是宝钗的别号，那么，为什么在李纨看来，宝钗的诗好过黛玉的呢？

---

[1]《红楼梦》，第429页。

咏白海棠屈居第二

且看黛玉和宝钗是如何歌咏白海棠的。

宝钗交稿在先，她表现得很谦虚，限定的时间还没到，探春问她诗句可有了，她回答："有却有了，只是不好。"[1] 这是宝钗的一贯风格，不张扬。诗稿誊写出来，上面是这么写的：

珍重芳姿昼掩门，自携手瓮灌苔盆。

胭脂洗出秋阶影，冰雪招来露砌魂。

淡极始知花更艳，愁多焉得玉无痕。

欲偿白帝凭清洁，不语婷婷日又昏。[2]

宝钗写的是什么呢？她说白海棠姿态优美，即使是白天也关门独处，自珍自重，我提来水瓮细心地将它浇灌。这是第一联，

咏菊夺魁

---

[1]《红楼梦》，第 427 页。

[2]《红楼梦》，第 428 页。

头两句。后面两联说在秋露沾湿的石阶旁，海棠洁白，亭亭玉立，是秋霜洗去了它的胭脂色呢？还是冰雪塑造了它的精魂？它是那么的天然素洁，不带一点儿粉饰，可正是这素洁使它美得出奇，异样地艳冠群芳。它娇弱含露却并不多愁，不然怎么能这么纯粹，跟没有瑕疵的玉一样呢？这两联都是就白海棠的色彩来写的。最后一联"欲偿白帝凭清洁，不语婷婷日又昏"，白帝是神话中的五天帝之一，职在司秋。海棠花要报答白帝的雨露化育之恩，凭着什么去报呢？就凭它的清净、洁白。转眼一天过去了，夕阳西下，又到黄昏，只见白海棠风姿美妙，在阶前静立。这是宝钗这首咏白海棠诗字面上的意思。

为什么诗社首聚要咏白海棠呢？熟悉小说的读者都知道，贾府族人贾芸为了讨好宝玉，想办法弄来两盆不可多得的白海棠，送进了怡红院。这花送得很是时候，正赶上大观园结诗社，"海棠"二字就被拿来做社名；诗社既然结了，大家趁热打铁开社作诗，海棠又被用作现成的诗题。迎春说花儿还没赏呢，怎么先作起诗来？宝钗自有一番道理，她说："不过是白海棠，又何必定要见了才作。古人的诗赋，也不过都是寄兴写情耳。若都是等见了作，如今也没这些诗了。"[1]这几句话很重要，"寄兴写情"

---

[1]《红楼梦》，第 426 页。

四个字是读懂四首参赛诗的关键，它告诉我们宝钗等人作的咏白海棠诗都不是写实，他们真正咏的不是花，他们是言在此而意在彼，诗中的白海棠体现着每一个作诗人的气韵格调。宝钗说白海棠"珍重芳姿昼掩门""不语婷婷日又昏"，这两句诗是有所寄寓的，她说的不就是自己吗？宝钗一向以端庄矜持自律，她告诉黛玉女孩家不识字最好，已经识字了，最好不看邪书杂书，否则便乱了性情，这是不是珍重芳姿？贾府的大小事情宝钗了如指掌，可是王熙凤评价她"拿定了主意，'不干己事不张口，一问摇头三不知'"[1]，这是不是"不语婷婷"？从白海棠色彩上的白写到它品质上的清洁，这"清洁"二字一语双关，宝钗在借白海棠咏自己。她这首诗，李纨一看就喜欢，迫不及待地下了评语——"到底是蘅芜君""这诗有身分"。[2]赞赏之意毫不掩饰，这个时候黛玉还没交稿呢，李纨已经打算推出宝钗这首诗了。

再读黛玉写的：

半卷湘帘半掩门，碾冰为土玉为盆。

偷来梨蕊三分白，借得梅花一缕魂。

月窟仙人缝缟袂，秋闺怨女拭啼痕。

〔1〕《红楼梦》，第 663 页。

〔2〕《红楼梦》，第 428—429 页。

娇羞默默同谁诉，倦倚西风夜已昏。[1]

第一句半卷起湘帘，半关上院门，这说的是看花人，跟宝钗"珍重芳姿昼掩门"的风调明显不同。第二句说白海棠纯美高洁，高洁到什么地步呢？我要碾冰为泥土、将玉做花盆才配得上它。黛玉写海棠，先从土和盆写起，这是花的根基所在，可说是写根基，突出的又是花的冰清玉洁，这个构思别出心裁。所以宝玉才读了这两句便喝起彩来，说："从何处想来！"[2]如此奇思妙想，你是怎么想到的？他佩服得不得了。

被宝玉佩服得不得了的作品，为何在李纨眼里却不能夺魁？黛玉的这首咏白海棠和宝钗的相比，有着怎样的特别之处？这首诗又展现了黛玉怎样的情怀呢？

再看第二联，白海棠冰肌无瑕，定是偷了梨花之蕊的三分白；它高洁淡雅，定是借了冰雪梅花的一缕魂。这两句，"偷来"对"借得"，"三分"对"一缕"，既工整又灵动，写得真是潇洒飘逸，这回不光宝玉，在场众人都忍不住叫出好来，说："果然比别人

---

[1]《红楼梦》，第 429 页。
[2]《红楼梦》，第 429 页。

又是一样心肠。"[1]黛玉这首诗，才读到一半呢，已经获得了诗社里的大众好评。

第三联"月窟仙人缝缟袂，秋闺怨女拭啼痕"，月窟仙人和秋闺怨女指的都是白海棠，月窟仙人就是嫦娥，白海棠像月中嫦娥穿着自制的素衣，它经雨带露后，又像闺中女子脸上挂着秋思的泪痕，这是描写白海棠幽怨悲愁的神态。最后一联"娇羞默默同谁诉，倦倚西风夜已昏"写白海棠的心事和孤独感，它心事重重无人可诉，秋风中显得格外地柔弱疲倦。不难看出来吧，后两联黛玉写的是她自己，字面上的海棠花只是个幌子，它对应着泪光点点、弱柳扶风的黛玉本人，花人合一。

众人读完了黛玉的海棠诗，"都道是这首为上"[2]。宝钗的作品只有李纨说好，可黛玉这首，大家是看一联赞一联，这还用评选吗？比赛结果应该是明摆着的啊，可是李纨说："若论风流别致，自是这首；若论含蓄浑厚，终让蘅稿。"[3]什么意思呢？论才情，黛玉这首最好，但要论到才德，还是蘅芜君的好。白海棠在宝钗眼里是珍重芳姿、端庄矜持，在黛玉眼里是娇羞默默、牵愁带怨，品诗也是品人呀，你觉得从小熟读《列女传》、被父

咏菊夺魁

[1]《红楼梦》，第429页。
[2]《红楼梦》，第429页。
[3]《红楼梦》，第429页。

亲用"女子无才便有德"的观念养大、后来又年轻守寡的李纨会看好哪一个？当然是宝钗。宝玉对名次有异议，希望黛玉得第一，可他自己有言在先，"稻香老农虽不善作却善看，又最公道，你就评阅优劣，我们都服的"[1]，自己说过的话，总不能收回吧。何况稻香农李纨给出的评语不是没有道理的，含蓄浑厚比风流别致好，有才德比有才情重要，传统诗教讲究的就是温柔敦厚，怨而不怒哀而不伤，李纨对钗黛二人作品的品评完全是站得住脚的，宝玉不服气，可他说不出反驳的话来。

这就是海棠诗社第一次聚会时钗黛二人咏白海棠的经过，李纨对她俩名次的排序当然是曹雪芹的意思，问题在于为什么曹雪芹要这样安排？既然他把黛玉当作花魂和诗魂来塑造，为什么又将首聚的桂冠戴在宝钗头上呢？其中一定有原因，这个原因可能是什么，我们稍后分析。宝玉为黛玉抱不平，好在很快，仅仅一天之后，到了小说第三十八回，他那点遗憾，就会被喜悦冲得无影无踪了。因为咏白海棠曹雪芹没让黛玉得第一，等到诗社第二次聚会咏菊花时，他将毫无悬念地安排黛玉一举夺魁，让喜欢黛玉的读者的那颗悬着的心安然着陆。

---

[1]《红楼梦》，第427页。

咏菊一举夺魁

第二次聚会跟首聚只隔了一天。这一次以秋天最应景的菊花为写作对象，参赛者除了咏白海棠的四位外，还有湘云。诗题是湘云和宝钗事先拟好的，因为菊花诗写的人太多，循人旧路没意思，她俩便想了个新鲜的写法。怎么写呢？以菊花为宾，以人为主，拟出《忆菊》《访菊》《对菊》《问菊》等十二个题目，忆、访、对、问的主体都是人，菊花则是忆、访、对、问的对象，这样，咏花的同时也赋事，尽量不落俗套。这次仍然要求做七律，十二个诗题固定在墙上，参赛者想写哪个就选哪个，诗思来得快的，可以多选多写。只有一条，无论写多写少，"总不许带出闺阁字样来"[1]，就是说参赛作品要一律洗尽铅华，避开女性特征，

咏菊夺魁

---

[1]《红楼梦》，第 442 页。

不能带有脂粉气。

很快，五位诗人的诗稿陆续交上来了，十二个诗题都有人选，有选两题的，有选三题的，基本上平均分配，众人看一首，赞一首，彼此称扬不已。这次的评议人还是社长李纨，她把十二首诗通读了一遍后，说："通篇看来，各人有各人的警句。今日公评：《咏菊》第一，《问菊》第二，《菊梦》第三，题目新，诗也新，立意更新，恼不得要推潇湘妃子为魁了；然后《簪菊》《对菊》《供菊》《画菊》《忆菊》次之。"〔1〕排在前三的《咏菊》《问菊》《菊梦》是谁写的呢？黛玉，三首诗都出自她的笔下。根据李纨的评价，黛玉这三首诗"题目新，诗也新，立意更新"〔2〕，其实十二个诗题都是宝钗和湘云事先合计好的，所以黛玉这次夺魁的得分点是"诗也新，立意更新"。那么，怎么个诗新、立意更新呢？

林黛玉多愁善感，对风刀霜剑的现实世界有着敏锐的感知，同时又坚守着生命的本真。在黛玉孤傲的灵魂里，正是这些诗，点燃了她炽热的生命热情，展现了她的灵性和情思。黛玉的咏菊诗究竟好在哪里？这几首咏菊诗，又表现了黛玉怎样的才情？

---

〔1〕《红楼梦》，第448页。
〔2〕《红楼梦》，第448页。

我们先读《咏菊》：

> 无赖诗魔昏晓侵，绕篱欹石自沉音。
>
> 毫端蕴秀临霜写，口齿噙香对月吟。
>
> 满纸自怜题素怨，片言谁解诉秋心。
>
> 一从陶令平章后，千古高风说到今。[1]

按照约定，这次的菊花诗要以人为主，所以黛玉先写她怎么咏菊。她说见到菊花开放，我有一种着魔一般的强烈诗兴，它从早到晚烦扰我，令我欲罢不能。诗歌开头两个字"无赖"意思是无可奈何，我拿这"诗魔"无可奈何，只好绕竹篱、倚山石，对着菊花沉思默念。晨霜中，我的笔端流淌出优美的诗句；月光下，我的口中玩味着秋菊的清香。菊花的素怨写满稿纸，素怨就是秋怨，可满纸秋怨它只能自怜；它有片言秋心想倾诉，秋心就是愁，可即使是片言秋心，懂得的人也没几个。自从爱菊的陶渊明写过咏菊诗篇后，菊花的高风亮节真是千古说到今啊！李纨说十二首诗各人有各人的警句，意思是每首诗里都有一两句动人心弦，这首《咏菊》中"满纸自怜题素怨，片言谁解诉秋心"就是警句，菊的素怨秋心其实就是黛玉之怨、黛玉之愁。

咏菊夺魁

---

[1]《红楼梦》，第445页。

薛蘅芜讽和螃蟹咏，林潇湘魁夺菊花诗。

这是咏菊，诗人为什么忙着咏菊？菊花到底好在哪里？所以咏菊之后要《问菊》。看看黛玉是怎么问的：

欲讯秋情众莫知，喃喃负手叩东篱。

孤标傲世偕谁隐，一样花开为底迟？

圃露庭霜何寂寞，鸿归蛩病可相思？

休言举世无谈者，解语何妨片语时。[1]

第一句紧扣诗题问菊，黛玉说我想询问秋菊的情怀，可是无人能答；于是我将两手背在身后，口中喃喃自语，去东篱叩问。"负手"是男性的动作，这个词跟黛玉联系在一起，怎么看怎么不搭，但她怎么用这样的词呢？因为这次比赛不能带出闺阁字样，她负手叩东篱，就是为了不犯规。"东篱"是种菊花的地方，出自陶渊明的名句"采菊东篱下，悠然见南山"。第二联黛玉问菊花：你品性孤高，傲视俗尘，谁能跟你一起隐居？一样开花，为什么你开得这么迟？"孤标傲世偕谁隐，一样花开为底迟"是全诗最精彩之处，也就是李纨说的警句。偕谁隐？当然是高人逸士；为底迟？因为你不趋时不从众。第三联，迟开的菊花生活在怎样的环境中呢？园圃露冷，庭院霜寒，这是个寂寞的环境。"鸿归蛩病可相思？"蛩就是蟋蟀。待到秋深，鸿雁朝南飞去，蟋蟀的叫

---

[1]《红楼梦》，第 446 页。

声也越来越微弱,就剩下菊花你了,你孤独吗? 你想念它们吗? 雁、蛩、菊都是秋天的象征物,这两个问句真是问到了菊花的痛处!

黛玉从菊花的文化品格和自然特性两方面叩问东篱,孤标傲世,这写的是菊花还是黛玉自己? 圃露庭霜的寂寞,不就象征着她的身世吗? 黛玉与菊花同类,她的个性、情感、处境都在这首诗里。李纨将《问菊》排在《咏菊》之后,其实《问菊》写得比《咏菊》好,因为它最能体现黛玉的气质精神。书里说黛玉"孤高自许,目无下尘"[1],这就是孤标傲世! 细心的读者一定注意到了,黛玉从十二个诗题中勾选的头一个就是"问菊",可见这个题目最对她的心思,她要用问菊的形式去抒写自己的情怀。咏菊诗跟咏白海棠一样,用的也是象征手法,寄兴写情,言外有意,弦外有音。再看最后一联,黛玉对菊花说,不要感叹人间没有知己,我就是你的知己,要是你懂人语能说话,咱俩就来聊聊天吧! 这两句写得也很好,黛玉竟然安慰起菊花来,表现出少见的达观,我们不容易在黛玉的诗里读到这种感觉。

再看排名第三的《菊梦》:

篱畔秋酣一觉清,和云伴月不分明。

登仙非慕庄生蝶,忆旧还寻陶令盟。

---

[1]《红楼梦》,第58页。

睡去依依随雁断，惊回故故恼蛩鸣。

醒时幽怨同谁诉，衰草寒烟无限情。[1]

这首诗写秋菊入梦，它一觉酣睡，做了个清幽的梦，梦见自己飞上了九天，似乎伴着云，又好像随着月。它梦魂悠悠，仿佛登仙，不是因为羡慕当年庄子在梦中化蝶，而是想在梦里跟旧时好友陶渊明相遇，再续前缘。菊花本来是追随着归雁声入梦的，雁声越远，入梦越深，可是恼人的蟋蟀叫声，一次次将它从梦中惊醒。梦醒之后它的幽怨向谁诉说去？眼前只有满目秋色，衰草寒烟。

《菊梦》写的是菊花的梦，所以带有想象色彩，这首诗跟《咏菊》《问菊》一样，都写到了陶渊明。李纨说黛玉这三首诗"诗也新，立意更新"，其实另外九首诗也有立意新的，"诗也新，立意更新"并非黛玉三诗独有的特点。黛玉这三首诗最突出之处在于她咏的不是一般的菊花，她咏的是孤标傲世、高风远致作为文学意象的菊花，是跟隐士陶渊明在东篱下不期而遇、跟陶渊明、跟她自己在气韵格调上能够相通的那一丛菊花。

---

[1]《红楼梦》，第 447 页。

曹雪芹为何如此安排情节

那天的咏菊诗会，一共五人参赛，除了夺魁的黛玉和再次压尾的宝玉，其他三位的笔下其实也有好句，黛玉就说过湘云写的《供菊》"妙绝""意思深透"[1]，所以，较量诗才高低只是一方面，咏白海棠和咏菊这两个故事真正的看点都是比赛结果。为什么咏白海棠黛玉不如宝钗，咏菊花她却一口气包揽了冠、亚、季军呢？李纨怎么看不重要，重要的是曹雪芹怎么定。所有的诗都是曹雪芹替他笔下的人物代拟的，他替黛玉写的海棠诗并不差，但黛玉得不了第一；湘云、探春等人咏菊不乏亮点，可夺魁的只能是黛玉。

咏菊夺魁

〔1〕《红楼梦》，第 448 页。

诗人气质是黛玉的一个重要特点。《红楼梦》中，曹雪芹用了大量诗句逐层点染黛玉的形象、熔铸黛玉的性情。所有的悲愁和痛苦，都一同融入了她那敏感的诗人气质里。吟咏菊花正与黛玉自我抒写、自我表达的强烈愿望相吻合，黛玉满腔幽怨无处诉说，只能揣想菊花的清梦依依。

为什么？这就回到前文提出的问题了：曹雪芹为什么这样安排剧情？

这是因为白海棠的品格跟黛玉的气质不合。曹雪芹是想通过所咏之物去写人，让花的品质暗合人的格调，白海棠固然高洁稀有，但是毫无疑问，作为花中隐士的菊花比白海棠更配得上黛玉的气度和神韵。

了解了这一点后，我们回过头来再看黛玉在诗会上的表现，咏白海棠没能领先，黛玉失望吗？书里只说宝玉替她抱憾，她本人服不服气没说，可我相信她未必服气。黛玉是天生我才难自弃的，姐妹们第一次在一起作诗是元妃省亲的时候，元妃说各题一匾一诗，黛玉就非常失望，因为她原本打算在那个晚上大显身手，将众人比下去的，结果区区一匾一诗，只题四个字匾额，写一首五言律诗，实在不够她施展的。所以，等到诗社结成，又有一比高下的机会了，黛玉一定想好好地露一手，她有信心不跟诗社的第一枚金牌失之交臂。

四份纸笔分发下去后，四人开始各自思索起来。怎么个思索法？别人不管，曹雪芹只将笔墨集中在黛玉一人身上。书中写道：别人都安静地思考，"独黛玉或抚梧桐，或看秋色，或又和丫鬟们嘲笑"。她这是干吗？举重若轻啊。探春和宝钗构思完毕，宝玉开始急了，冲黛玉喊道："你听，他们都有了。"黛玉回答："你别管我。"这是写她从容不迫。等到宝钗交稿，宝玉更慌了，他催黛玉："香就完了，只管蹲在那潮地下作什么？"黛玉不理他。香指的是"梦甜香"，这次的比赛时间以烧完一支梦甜香为限。[1]

或抚梧桐，或看秋色，或和丫鬟玩笑，或蹲在潮湿的地上，这些都是黛玉构思时的外在表现。黛玉写过不少诗，可是，《葬花吟》是怎么构思出来的？《桃花行》又是怎么想出来的？我们都不清楚。似乎她每次创作都是情不自禁、下笔立就，其实不然，天赐佳句的时候固然有，但不可能经常。这次咏白海棠，举重若轻也好，从容不迫也罢，都说明了一点：黛玉正在苦思冥想，只是她不愿意让人觉察出来。《红楼梦》里黛玉写的诗是最多的，但是小说只要详细描写她一次构思的过程就够了，那么，为什么曹雪芹把

咏菊夺魁

---

〔1〕《红楼梦》，第427页。

这唯一的一次安排在海棠诗会上呢？

可能有两个用意：

第一，他想表现出黛玉特别在意这次比赛，然而事与愿违，结果屈居第二，这就造成了情节上的反转，增强了故事的感染力，好小说就该这样写。海棠诗会是诗社首聚，黛玉相当重视，所以她会全力以赴，这个时候刻画她的构思过程就很有必要。如果一天后咏菊花，再来详细描写黛玉怎么一首一首地打腹稿就不合适。因为状元、榜眼、探花，前三名，曹雪芹是打算直接安排给黛玉的，这个时候干脆利落地推出那三首好诗并且马上揭晓名次是重点所在，要是加一段文字在前面，非要交代这三首好诗是怎么炼成的，那就是赘述，太平铺直叙、顺理成章了！这样的故事能好看吗？曹雪芹不会那样设计小说情节的。黛玉怎么构思她的诗歌，放在她铆足了劲想得第一最后却大失所望的海棠诗会上去写，再合适不过。

第二，这些细节描写可以使黛玉的性格得到更为全面的展示。经过或抚梧桐、或看秋色、或和丫鬟玩笑、或蹲在潮地上的构思之后，黛玉对自己即将咏出的白海棠七律胸有成竹。探春、宝钗、宝玉都交稿了，黛玉还沉浸在神思当中，李纨催她，她说："你们都有了？"[1]言下之意：那行，看我的吧！然后"提笔一挥

---

〔1〕《红楼梦》，第 429 页。

而就，掷与众人"[1]，你看这几个霸气动作，黛玉这是志在必得啊！我甚至猜想她当时一定面有得色，这就不是"珍重芳姿"了。你怎么不学学宝钗交稿时的低调呢？这样的表现李纨肯定看不惯。那么，宝钗谦虚，黛玉骄傲，曹雪芹是要厚此薄彼吗？不是。他是想更真实全面地描写黛玉这个形象，展现出生活在诗外、有俗世的争强好胜之心但仍然像诗一样可爱的黛玉。想夺桂冠，这是虚荣吗？不完全是。对于这个父母双亡、寄人篱下的少女来说，才华是她唯一的资本，她盼着在诗社第一次聚会时得个头名，有何不可呢？黛玉可不仅仅是多愁善感爱流泪，我们对她更全面的认识应该是她虽然多愁善感爱流泪，但她的个性中也有阳光明媚的一面，甚至有率真霸气的一面。她"提笔一挥而就，掷与众人"，是不是很像史湘云？

咏白海棠，黛玉对比赛的预期跟实际结果之间形成了反差，于是留下悬念给咏菊。宝钗头天才得冠，黛玉跟着就夺魁，曹雪芹这碗水端得真平！其实海棠跟宝钗的气质也不合，小说第六十三回告诉读者，黛玉是芙蓉，宝钗是牡丹，谁是海棠呢？湘云。诗社首聚那天湘云不在贾府，第二天她闻讯赶来后，向宝钗等四人挑战，连着做了两首海棠诗，那两首诗的水平可不比宝钗的差，

咏菊夺魁

---

[1]《红楼梦》，第429页。

如果不是错过，那天的第一名没准儿会是湘云。可是曹雪芹那天不打算安排湘云名列榜首，虽然她的诗好，但正式比赛时她只能缺席。诗社首聚的明星如果不是黛玉，就只能是宝钗，第一次的冠军如果是宝钗，第二次就一定是黛玉。本来嘛，钗黛二人在《红楼梦》里双峰并峙，各显其妍，谁也不为衬托对方而存在，最好的处理办法就是让她们平分秋色。

宝钗的诗和人生我们以后会详细解读。黛玉的诗词，除了《葬花吟》《桃花行》《咏白海棠》《咏菊》等，还有什么呢？她的诗除了缠绵婉约，还有其他风格吗？接下来我们将对潇湘诗风做个小结。

潇湘诗风

回眸潇湘诗语

在《红楼梦》中，她的诗如同她的人一样，风露清愁、孤标傲世。"愁"是黛玉诗风最鲜明的基调，但是黛玉的诗风又不止于此。跳出这些悲伤的情绪，我们看到的，不仅仅是她的伤春、忧愁、悲叹，还有一个少女的孤傲倔强。

曹雪芹为潇湘妃子黛玉量身定制了不少诗歌，这些诗是风格一致呢，还是各有各的风格？如果各有各的风格，哪一种是她的主打风格？多愁善感的黛玉，她笔下是任何时候都愁字当先呢，还是情绪因时而变？在"潇湘诗语"进入尾声之际，我们对其风格做个简单的小结。

潇湘诗风

以感伤柔美为主打风

　　黛玉笔下是不是动辄愁字当先？这个问题好回答，她笔下经常流露出浓重的愁绪，但并非除了愁还是愁。读过前面的"潇湘诗语"就不难发现，潇湘诗风并不局限于一种，只不过愁字当先、字字血泪的作品占的比重偏大，它们婉约感伤的风格给人留下的印象最深。《葬花吟》《秋窗风雨夕》《桃花行》都属于这类作品，这几首诗都是黛玉有感而发自行创作的，没有诗社竞赛的压力，可以不加掩饰地写下想说的话、想抒的情。《葬花吟》感花伤己，即使是向天高呼的"天尽头，何处有香丘""一朝春尽红颜老，花落人亡两不知"等句，打动人的也是强烈的情感而非问天的气势。题帕三绝句，一边是获得宝玉知己之情、灵魂之爱的喜悦，一边是预感到此情前景渺茫、难成正果的忧伤，喜忧交集之际，三首绝句字字含泪、哀婉伤悲。《秋窗风雨夕》抱得秋情，泪洒窗纱，写尽雨夜的孤独凄凉，我们仿佛看到黛玉的生命进入了衰飒之秋；而《桃花行》，桃花纵然绚烂一时，最后仍是人与桃花共憔悴。黛玉像编织一样，在和泪低吟的同时，把自己的身世、情感、命运织进诗行间，诗句紧随着诗情，从她笔下流淌出来。我们读黛玉这类诗，就是在读她的心事、读她的人生。在黛玉所有的作品里，这类写愁写泪的作品最突出也最具有代表性，它们婉约缠绵，柔美深情，感伤色彩很重，这种风格就是黛玉诗歌的主打风。

潇湘诗风

含蓄秀雅与简净理性兼有

黛玉还写过《咏白海棠》《咏菊》《问菊》《菊梦》，这几首诗都是在诗社里写的，属于命题作文，没有自行创作那么自由。而且，咏物诗有它自己的门道，不是把要咏的"物"咏出来就完了，好的咏物诗是以人为主寄兴写情的，真把白海棠、菊花当主角来写就错了，正确的模式是借花写人，适当地使用象征手法，达到言外有意、弦外有音的效果。黛玉这几首咏物诗完成得都不错，她通过白海棠的娇羞脉脉、倦倚西风和菊花的素怨秋心、孤标傲世写出了她自己的气度和神韵。至于风格，这四首诗都属于柔美婉约一类，不过呢，跟《葬花吟》比起来，多了一层含蓄，"月窟仙人缝缟袂，秋闺怨女拭啼痕"是写白海棠呢还是写黛玉自己？菊花怎么会"醒时幽怨同谁诉，衰草寒烟无限情"呢？这说的应该是黛玉本人吧！用到象征手法，不明说，不直讲，风格就显得含蓄，怎么解读，见仁见智，是读者自己的事。

李纨把黛玉的《咏菊》《问菊》《菊梦》评为咏菊诗会上的前三名，说这三首诗题目新，诗也新，立意更新，黛玉回答："我那首也不好，到底伤于纤巧些。"[1]纤巧就是风格小巧细柔，格局小，气势弱；女诗人的作品嘛，不能要求大气磅礴对吧。黛玉说她的诗伤于纤巧，拉低了整体水平，她说得对吗？这三首咏菊花的诗是不是真的伤于纤巧呢？不一定。你看，"毫端蕴秀临霜写，口齿噙香对月吟"描写黛玉沉浸在创作中的状态，多美的画面啊，哪里就纤巧了？"孤标傲世偕谁隐，一样花开为底迟"两个问句，把菊花问得无言可对，更与纤巧无关。所以，"伤于纤巧"应该是黛玉谦虚的话，咏菊诗会上的参赛作品一共才十二首，她一口气写了四分之一，还首首都被选中，包揽前三名，黛玉再骄傲，客气一下挑挑自己的小毛病总是要的吧。《咏白海棠》《咏菊》等诗不像《葬花吟》《桃花行》那么感伤，它们的风格主要是委婉、含蓄、秀雅。

咏物诗之外，黛玉还有一组以西施、虞姬、王昭君、绿珠和红拂为吟咏对象的绝句《五美吟》。我们习惯性地认为黛玉的诗充满了感伤凄美的身世之悲和生命之叹，可曹雪芹告诉我们：不对，

---

[1]《红楼梦》，第448页。

潇湘诗风

黛玉能写的诗不限于一种，她个性多面，情感也多面，她笔下不光有《葬花吟》的风流缠绵，也有《五美吟》的冷静理性。咏西施，她说"效颦莫笑东村女，头白溪边尚浣纱"；咏虞姬，她说"黥彭甘受他年醢，饮剑何如楚帐中"；咏红拂，她说"尸居馀气杨公幕，岂得羁縻女丈夫"，这些句子都是宋诗的感觉，理胜于情，打动读者的不再是黛玉葬花那样的深情，而是她的思想。宝钗说："林妹妹这五首诗，亦可谓命意新奇，别开生面了。"[1]拿"命意新奇别开生面"八个字来总评《五美吟》，当属皮相之谈，把《五美吟》看轻了。黛玉咏五美，目的是通过五美展示她自己的内心世界，宝钗只看到了表象，她不理解黛玉的真正用意。或者说她理解了，但她避重就轻，怎样的生活有意义、怎样的死亡有价值、什么是真爱等问题，以宝钗的个性，是绝不可能在宝玉、黛玉面前多说深谈的，她避开了《五美吟》深层次的问题。那么，命意新奇别开生面是不是《五美吟》的特点呢？宝钗的评语是否全无道理？有道理，这八个字如果用来概括这五首诗的艺术特点，还是到位的。我们在《五美吟》中读到的不是细柔绵长的情思，而是论事说理，有见解，有深度，它们的主要风格是语言简净、寓情于理、干脆利落。

---

〔1〕《红楼梦》，第 779 页。

平实自然的应制诗

《五美吟》让读者小小地吃了一惊，以为自己发现了不一样的黛玉，可这五首绝句如果跟她写过的应制诗比起来，还真算不上特别。黛玉写应制诗，水平不低，你能相信吗？

《五美吟》让我们看到了一个不一样的黛玉，在这样一个柔弱纤细的躯体下，是一颗不甘世俗的心，以及一个高洁而倔强的灵魂。"尸居馀气杨公幕，岂得羁縻女丈夫！"这是何等的胸怀志向！而这份坚毅与决绝，偏是出自纤弱的林妹妹之口。

应制诗是封建大臣奉皇帝之命作的诗，以歌颂帝王功德为主，这样的事，这样的诗，对黛玉来说都是俗务啊，一向不慕名利、蔑视权贵的她是在怎样的情况下写了应制诗呢？宝玉将北静王赠的鹡鸰香串转送给黛玉，她掷而不取，说："什么臭男人拿过的！我不要他。"[1]连看一眼都觉得多余，这才是我们熟悉和希望看到的林黛玉，不是吗？这么说吧，出现在小说第十七至十八回的应制诗，就不像是黛玉写出来的。

潇湘诗语

小说第十七至十八回元妃省亲，围绕这个重头戏，贾府做了各种准备。到了省亲这一天，元妃游完大观园后，为正殿题了匾额和对联，又作了一首七言绝句，然后她要求几位姐妹无论才华高下，各题一匾一诗，以纪念今日盛事。当时在场的姐妹都有谁呢？迎春、探春、惜春、黛玉、宝钗、李纨。元妃下令题匾作诗，黛玉要不要从命？当然要。她题了四个字匾额：世外仙源；写了一首五言律诗。《红楼梦》里黛玉作的第一首诗不是《葬花吟》，而是这首五言律诗：

> 名园筑何处，仙境别红尘。
>
> 借得山川秀，添来景物新。
>
> 香融金谷酒，花媚玉堂人。
>
> 何幸邀恩宠，宫车过往频。[2]

这首五言律诗应元妃之命而作，属于应制诗的范畴，应制就

---

[1]《红楼梦》，第177页。
[2]《红楼梦》，第211页。

要颂圣，要为皇家歌唱，黛玉再清高，这个规矩也得守。她将匾额题为"世外仙源"，就是赞美专为元妃省亲而建的大观园；何处是世外仙源？大观园便是。有这个匾额在先，配合匾额作的五言律诗就自然地顺着这个思路往下写。名园建在哪里？建在有别于人间的仙境之中。"借得山川秀，添来景物新。香融金谷酒，花媚玉堂人"这几句说的是借来了山川的灵秀，园中景物为之一新。西晋的石崇在他豪奢的金谷园里宴客赋诗，赋诗不成的罚酒三斗，今晚贵妃娘娘在这里大摆宴席，命我们写诗助兴，这盛况真是不亚于当年的金谷园啊！连花儿都忍不住向娘娘献媚。玉堂是嫔妃住的地方，玉堂人指的就是元妃。最后一联"何幸邀恩宠，宫车过往频"是说我多么荣幸，能亲历娘娘省亲这样的盛事！元妃看了六位姐妹写的诗后，评道："终是薛林二妹之作与众不同，非愚姊妹可同列者。"[1] 她夸黛玉和宝钗的诗与众不同，超过了贾家姐妹，从六首诗的写作情况看，元妃说的倒也不是客气话。

但是黛玉这首五言律诗如果跟她自己的《葬花吟》《桃花行》比起来，真情实感方面绝对是打了折扣的。这首诗有花有酒，富贵荣华，但是没有深情、没有思想。如果我们把黛玉写的所有诗歌，加上她在诗社联句时联的句子，集合起来编一本《黛玉诗稿》，

---

[1]《红楼梦》，第211—212页。

这首应制诗放在里面就有点违和，怎么看怎么另类。它的风格跟上文盘点到的黛玉那些诗都不同，给人感觉四平八稳的，目的性很强，就是为了歌颂。律诗的精彩处一般在中间两联，可这首诗的中间两联"借得山川秀，添来景物新。香融金谷酒，花媚玉堂人"并不出彩。难怪很多读者不知道黛玉写过这首诗，或者读到这个部分时直接跳行；写得不感人，经不起回味，这样的诗被忽略很正常。

不少读者读《红楼梦》，对黛玉拒绝宝玉转送鹡鸰香串的情节记得很牢，深为她的孤标傲世所折服。这件事发生在小说第十六回，接下来就是元妃省亲黛玉写应制诗，两个画面反差太大，令人难以接受，黛玉怎么回事？她怎么写应制诗也这么在行，远超贾家姐妹？一定要再细读一遍这一回的内容，才能具体了解，意识到自己误会了黛玉。那天晚上，真正把应制当回事儿的是宝钗而非黛玉，宝钗的七律说：

> 高柳喜迁莺出谷，修篁时待凤来仪。[1]

写黄莺出谷飞上高柳，这是比喻元春出深闺入宫闱；又说：

> 睿藻仙才盈彩笔，自惭何敢再为辞。[2]

意思是贵妃您刚才作的那首诗水平太高了，我实在惭愧，不敢在

---

[1]《红楼梦》，第 211 页。
[2]《红楼梦》，第 211 页。

您面前下笔。比比看，同样是歌颂，黛玉是不是显得更空泛，没宝钗这么具体恭敬？

书里交代："原来林黛玉安心今夜大展奇才，将众人压倒，不想贾妃只命一匾一咏，倒不好违谕多作，只胡乱作一首五言律应景罢了。"[1]黛玉猜到元妃这天晚上会考较姐妹们的诗艺，有心露一手，不料考题只是一匾一诗，没有多少发挥的余地，只好胡乱写一首五言律诗交差。品品这几句话，黛玉到底还是黛玉，即使在尊贵的元妃面前，她也照样孤标傲世。为什么这么说呢？这样的夜晚，这样的场合，主角是元妃，主题是省亲呀，你怎么能"安心今夜大展奇才"呢？黛玉把重点弄错了，这种时候一味显露诗才，合适吗？当然，写出好诗来，博得元妃的赏识也很重要，但更重要的是歌颂，颂元妃或者颂皇家，都比显摆个人诗才重要得多。小说第二十八回，元妃赏赐端午节的节礼，宝钗得的东西跟宝玉一样，黛玉所得却降了一等。元妃重钗轻黛，肯定有其他原因，但是，第一印象不重要吗？一个争强好胜，一个恭敬讨好，谁更能让贵妃另眼相看还用说吗？所以，黛玉想在省亲这天使劲儿，可她没弄明白劲儿该往哪里使，说严重点，她犯了舍本逐末的错误，犯这样的错误，说明她不是不聪明，而是太骄傲。没能

〔1〕《红楼梦》，第212页。

潇湘诗风

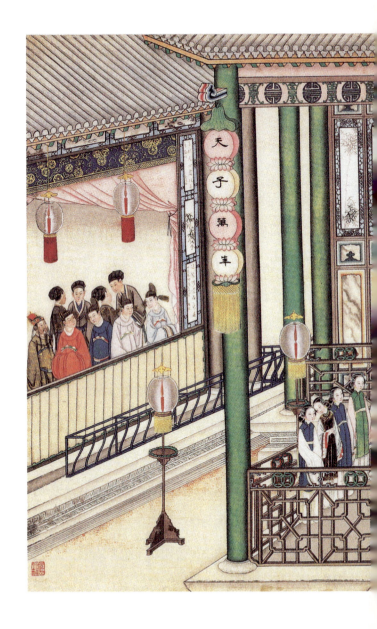

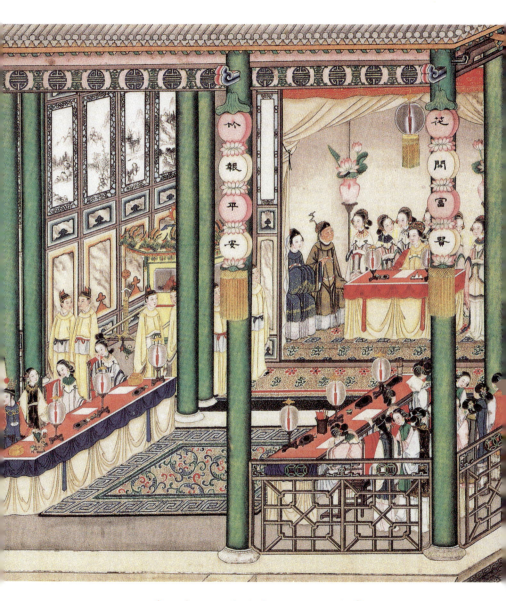

荣国府归省庆元宵，大观园试才题对额。

如愿施展才华，黛玉很失望，所谓"胡乱作一首"，看来真是胡乱。不就是应制称颂吗？那我就写一首，颂一个，不过是为颂而颂应个景嘛，这种诗对黛玉来说没什么难度，愿意写就有。

黛玉的应制诗《世外仙源》，四平八稳、情感平淡，竟不像是她的作品，一旦缺少了真情实感，她的诗便如同丢失了灵魂。如果说这一首是黛玉的"胡乱之作"，那么接下来，黛玉替宝玉作的那首应制诗，却发挥出了极佳水平。一首无心插柳之作，反而获得了元妃的大加赞赏，这首诗是如何写的呢？

弄清了黛玉作这首应制诗的前因后果之后，也就弄清了为什么潇湘诗风中会出现语言平淡、真情缺失、四平八稳的成分来，写诗不投入感情，就很难体现作者的个性。同一个晚上，黛玉还替宝玉写了一首五言律诗。元妃要考查宝玉这些年的长进有多大，就指定她喜欢的"潇湘馆""蘅芜院""怡红院""浣葛山庄"四处院落，要宝玉一一赋诗。宝玉的特点是一说作诗就来劲儿，可是随意发挥有佳句，命题作文就够呛，四处院落四首诗，他做完三首后，开始冒汗，没词了。黛玉诗才未展，心里正遗憾，见宝玉为难，就走过来问他还差几首。宝玉说就差"杏帘在望"一首，杏帘在望就是浣葛山庄所在。黛玉心想这好办,我替你写了得了!
于是她对宝玉说,你先抄前三首,等你抄完,"杏帘在望"就有了。
我们在书里见惯了黛玉流泪叹气的样子,她偶尔淘气,在贵妃眼
皮子底下帮宝玉作弊,给人的印象就很深。一首五言律诗四十个字,
对黛玉来说容易得很。书中写道:"说毕,低头一想,早已吟成
一律,便写在纸条上,搓成个团子,掷在他跟前。宝玉打开一看,
只觉此首比自己所作的三首高过十倍,真是喜出望外,遂忙恭楷
呈上。"[1]这就算是为宝玉解围了。四首诗交上去,元妃读完,
很高兴,夸宝玉果然进益,又说四首之中就属"杏帘"最好,为
前三首之冠。这是自然的,有黛玉做枪手,还愁水平不高吗?

《杏帘在望》怎么写的呢?

> 杏帘招客饮,在望有山庄。
>
> 菱荇鹅儿水,桑榆燕子梁。
>
> 一畦春韭绿,十里稻花香。
>
> 盛世无饥馁,何须耕织忙。[2]

浣葛山庄的设计思路是照着农家田庄来的,因为种有几百株
杏花,贾政等人想给它起个"杏花村"的名字,还打算加个酒幌子,
用竹竿挑在树梢上。可是"杏花村"是从唐诗"借问酒家何处有,

[1]《红楼梦》,第213页。
[2]《红楼梦》,第214页。

潇湘诗风

牧童遥指杏花村"来的,现成的名字直接拿来用不好。宝玉说:"旧诗有云:'红杏梢头挂酒旗'。如今莫若'杏帘在望'四字。"[1]"红杏梢头挂酒旗"是明代唐伯虎的诗句,宝玉从中得到启发,想出了"杏帘在望"四个字。所以,黛玉这首诗起头就是"在望",谁望?客望。远来的客人看见田庄挂出的杏帘,也就是酒幌子,正迎风招展,好像热情地邀请他喝杯美酒一样,于是客人走进了田庄。第二联,"菱荇"是菱角和荇菜,客人看见鹅在生长着菱和荇的水面上成群嬉戏,梁上筑巢的燕子不时地在桑树、榆树间愉快穿飞。第三联写得最好,春韭绿和稻花香不在同一个季节,打乱季节将它们剪辑在一起,最能充分展现田园之美。一畦春韭绿,十里稻花香,多么美好宁静的田园风光啊,这样的风光尽情享受便是,因为"盛世无饥馁,何须耕织忙"。浣葛山庄是人造的田庄,自然没有耕种织布一类的事,可是黛玉不照实写,她顺水推舟地将无须耕织与盛世联系在一起,不说这里是假田庄,而说眼下太平盛世,没有人受冻挨饿,何必急急忙忙耕织呢? 这是歌颂太平的话,但是黛玉写来自然不造作,应景却巧妙,难怪元妃看了喜欢。

《杏帘在望》也是应元妃之命写的,所以跟《世外仙源》一样,可以归入应制诗范畴,但它写得更流畅,最后一联对盛世的歌颂

---

[1]《红楼梦》,第194页。

有着水到渠成的自然，比《世外仙源》好。元妃大概也觉得"一畦春韭绿，十里稻花香"写得好，所以下令将浣葛山庄更名为稻香村，这个地方后来李纨搬进去住了。黛玉这首诗笔调轻松自如，风格跟她的主打风格也不是一回事儿。这可能跟她模仿宝玉的口吻有关，替人写的嘛，只为着宝玉能应付过去好交差，所以下笔时放得开。不过我们从这首诗里能看到，黛玉在有意识地向陶渊明和王维的诗风靠近。从她后来教香菱写诗，向香菱推荐老师，说入门时先读王维，入门后头一个学陶渊明，就能看出，在黛玉心目中，自然雅淡、浅近有味是好诗的标准。当她撇去个人因素，站在宝玉的角度写诗时，心情一放松，艺术追求就不自觉地表现出来了，尽管这首《杏帘在望》总体上还没有达到王、陶诗歌的浑融境界。

"一畦春韭绿，十里稻花香。盛世无饥馁，何须耕织忙。"春韭盎然生机，稻花十里飘香，黛玉偶尔的顽皮，写出了一首自然流畅的佳作。跳出了悲伤的情绪，黛玉诗让人眼前一亮！除了诗以外，黛玉也填过词，她的词作风格是否同她的诗一样呢？

潇湘诗风

读完黛玉这两首应制诗，是不是发现潇湘诗风的确不单一？

黛玉写过的题材不少，接着盘点下去，我们还会发现她写过一首咏螃蟹的诗。小说第三十八回咏菊诗会之后，众人围着桌子吃螃蟹。宝玉说持螯赏桂不可无诗，我先来一首，说完下笔成诗。黛玉看了一眼，说不怎样嘛，这种诗要一百首也有，然后想都不想，提笔一挥，她的螃蟹咏也写出来了。怎么写的呢？

> 铁甲长戈死未忘，堆盘色相喜先尝。
>
> 螯封嫩玉双双满，壳凸红脂块块香。
>
> 多肉更怜卿八足，助情谁劝我千觞。
>
> 对斯佳品酬佳节，桂拂清风菊带霜。[1]

黛玉照着螃蟹写实，说螃蟹煮熟了，还是身披硬壳举着钳子，铁甲长戈死未忘，可它遍体通红又很好看，特别勾人的馋虫。除了螯满膏香外，它那八只多肉的蟹脚也招人喜爱，为了助兴，我还要再斟上一杯美酒。此刻桂送清香，菊带微霜，我们赏桂赏菊，加上如此美食，这可真是良辰美景赏心乐事啊！黛玉嘲笑宝玉的螃蟹诗要一百首都有，其实她这首也一般。好的七律无论写景还是抒怀，都以雄浑壮阔、刚健有力为上，拿来咏螃蟹，就不容易写好。想想看，要在一只小小的螃蟹上写出气势来，是不是有难度？后来宝钗写好了，就跟她借题发挥，在小题目上寄寓大意，用螃

---

[1]《红楼梦》，第449页。

蟹讽刺世人有关：

　　眼前道路无经纬，皮里春秋空黑黄。[1]

相比而言，黛玉这首螃蟹咏只能算是宝钗那首的陪衬。她自己心里也有数，宝玉一如既往地为她喝彩，她呢，一把将诗稿撕烂，让人烧了。这种诗对黛玉来说，不费力，可也不出彩，写来好玩的。要论风格，算是直白浅显、平淡少味吧，跟应制诗《世外仙源》差不多。

---

〔1〕《红楼梦》，第 450 页。

词风与主打诗风一致

上面说的都是诗，其实黛玉还填过词，只是数量少，就一首，所以我们把它跟诗放在一起讨论。这首词的词牌是《唐多令》，题目是柳絮，小说第七十回，海棠诗社更名为桃花社，桃花社唯一一次聚会，就是填柳絮词。黛玉这首《唐多令》延续了诗歌《葬花吟》的婉约风格，写得哀婉缠绵，无限感伤，书里直接评点："太作悲了，好是固然好的。"[1]黛玉的这首《唐多令》写得比《葬花吟》《桃花行》还要伤感。

黛玉怎么写的呢？

> 粉堕百花洲，香残燕子楼。一团团逐对成毬。飘泊亦如人命薄，空缱绻，说风流。

[1]《红楼梦》，第849页。

草木也知愁，韶华竟白头！叹今生谁舍谁收？嫁与东风春不管，凭尔去，忍淹留。[1]

　　小说前八十回里，黛玉最后一篇完整的词就是这首柳絮词，她将自己一贯使用的托物寄情的手法发挥得淋漓尽致，不过是几片柳絮，到了她笔下，就写出了强烈的生命悲感。"粉堕"和"香残"指的都是残花零落，柳絮漫天飞舞，说明春天快要结束了，可是用"粉堕""香残"这样的词来表示春天结束，加上后面的"百花洲""燕子楼"，就令人触目惊心。百花洲在苏州，相传吴王夫差经常带着西施在那儿泛舟游乐；燕子楼呢，在徐州，唐德宗时期，徐州刺史张愔宠爱名妓关盼盼，张愔死后，关盼盼感念他的旧情，独居燕子楼十多年，这是一个寂寞忧伤的故事。黛玉用"粉堕百花洲，香残燕子楼"来写春天将尽，很难不让人联想到西施、关盼盼这类美貌女性的死亡。柳絮跟柳絮碰撞，一团团粘在一起，它们没有根，只能随风四下翻飞，"飘泊亦如人命薄，空缱绻，说风流"。缱绻是难分难舍的意思，在风中不能自主的柳絮就跟世间的薄命人一样，你有美姿风韵又如何？这是词的上阕，谁是世间的薄命人？西施、关盼盼、黛玉，都是。

　　下阕语带双关的特点更明显。"草木也知愁，韶华竟白头！

〔1〕《红楼梦》，第849页。

叹今生谁舍谁收？"柳絮没有知觉，却也深知人间愁苦，正当青春便白发满头，是谁抛弃了它，又有谁能收留它？"嫁与东风春不管，凭尔去，忍淹留"，是说春对柳絮不闻不问，任凭它们被东风带走，漂泊在外久久不归。黛玉从柳絮的颜色写它知道人间苦，白了少年头，从柳絮飘飞不定的特点写它被春天舍弃，找不到归宿，这一看就知道她在借柳絮写人事、写她自己。被扔在风中不能自主并愁白头的哪里是柳絮？分明就是寄人篱下的黛玉本人！这首《唐多令》确实太悲伤，给人杜鹃泣血之感，它跟《葬花吟》《桃花行》一样，人物一体，表面写物，其实写人，风格缠绵悲戚。

总的来说，黛玉的诗词，最成功之处在于以《葬花吟》《秋窗风雨夕》为代表的诗歌放情长言，文采风流，写出了黛玉特有的个性，真情实感最是动人，而《世外仙源》、螃蟹诗之类，为小说的情节需要而作，文学意义不大。我们可以这样来概括潇湘诗风：它以婉约缠绵，感伤柔美为主打风，兼有含蓄秀雅、简净利落和自然流畅；至于一两首直白浅显、平淡少味的诗，则无伤大雅，不妨忽略。

《诗词红楼》"黛玉系列"之《潇湘诗语》到这儿就告一段落了。未来我们还将陆续品读宝玉诗、宝钗诗、湘云诗，以诗词作品为路径，经由它们进入红楼，我们将看到不一样的宝玉、宝钗和湘云。

后记

    2018 年春天，我幸运地登上了央视《百家讲坛》。在经过"大国清官狄仁杰""清明思故人"两个专题的主讲"热身"之后，总编导李锋老师建议我做一个"诗词红楼"系列——以《红楼梦》里的人物为经，以书中出现的诗词曲赋为纬，搭建一座诗词"红楼"，从文学角度，讲红楼故事；这个建议令我怦然心动。我是个红迷，平时给学生讲课没少从曹雪芹这部巨著中探宝取例，能在《百家讲坛》上分享我的读"红"心得，岂非三生有幸？

    于是我欣然试之，从拟定大纲、申报选题到登台录像，一一付诸行动，2019 年 9 月，该系列之黛玉部分顺利播出，与广大电视观众正式见面。众所周知，每位读者心里都有一本《红楼梦》，一个林黛玉、一种潇湘诗风，"红楼"岂易讲耶？我非红学家，也从未专门研究过《红楼梦》，然而面对这部令人敬畏的巨著，

后记

面对"红楼门前是非多"的压力，我竟然斗胆开口了！当初那勇气到底从何而来？一晃两年已过，我仍然思之惶惑，一身冷汗！

这大概就是人们常说的初生牛犊不怕虎吧，虽然彼时我并不年轻。然而牛犊不怕虎是因为没见过虎，不知道虎的厉害，现在我已经见识过虎了，还继续往前走吗？

回答是"继续走"。当我一遍一遍翻阅原著中曹雪芹为黛玉、宝玉、宝钗等人量身定制的诗、词、曲、联时，我脑海中的他们比任何一次重读原著时都清晰。诗词是安放心灵最好的处所，品味红楼诗词，让我离红楼人物又亲近了一步。黛玉题帕三绝，宝玉红豆一曲，宝钗不语婷婷，湘云争先恐后，他们写与不写，写些什么，写给谁看，都各自精彩，丝毫不比书中故事逊色。

所以我欲罢不能。诚知红学大浪淘沙，我珍惜的只是这段读"红"历程。经历本身就是意义，无论它是好是坏美丑与否，我都坦然以对，努力走下去。感恩央视《百家讲坛》对我的成全！感恩母校厦门大学多年的栽培！感谢山东画报出版社姜辉编辑的助力，使我得以将"诗词红楼"已经播出的内容结集出版！

大地博厚，不弃一土，愿《潇湘诗语：诗词红楼第一部》能有此幸！